태어난 날의 문장 수집

마음으로
눌러쓰는

예술가들의
첫 문장

Buoy

차례

1월 — 시작

다시, 첫 문장을 쓰는 마음

1.1.

아서 휴 클러프(1819. 1. 1. – 1861. 11. 13.)

영국의 시인이다. 빅토리아 시대의 회의주의 속에서 신념과 희망을 노래했다. 간결하고 지적인 시어로 삶의 의지를 고무하며 현대 영미 시문학에 영감을 주었다.

◇

지친 파도들이 헛되이 부서지는 동안에도

먼 뒤편에서는 물길과 작은 만을 따라,

큰 바다는 고요히 밀려와 가득 차오른다.

_「투쟁이 헛되다고 말하지 마라」

1.2.

조지 엘리엇(1819. 1. 2. – 1880. 1. 1.)

사실주의 문학을 이끈 영국의 소설가로, 여성 작가에 대한 편견을 피하기 위해 필명을 썼다. 섬세한 심리와 도덕적 질문으로 인간과 사회를 따뜻하게 바라보았다.

◇

서로의 삶을 덜 힘들게 하는 것,

그것이 아니라면

우리는 무엇을 위해 사는가?

_『미들마치』

1.3.

마르쿠스 툴리우스 키케로(BC 106. 1. 3. – BC 43. 12. 7.)

고대 로마의 정치가이자 철학자, 뛰어난 문장가이다. 연설과 편지로 공화정의 이상과 인간다운 삶을 전했으며, 『의무론』과 『우정에 대하여』 등을 저술했다.

✧

그대가 평안하다면 그것으로 충분합니다.

나 역시 평안합니다.

_『친지들에게 보낸 편지들』

1.4.

야코프 그림(1785. 1. 4. – 1863. 9. 20.)

독일의 언어학자이자 민속학자이다. 동생 빌헬름과 함께 민족의 구전 설화를 수집한 『그림 동화』를 펴냈으며, 독일어 문법 연구로 근대 언어학의 기초를 세웠다.

✧

더는 무섭지 않았다.

혼자가 아니라는 걸 알았으니까.

_「헨젤과 그레텔」

1.5.

니콜라 드 스탈(1914. 1. 5. – 1955. 3. 16.)
러시아에서 태어나 프랑스로 망명한 화가이다. 형체와 색채의 경계에서 임파스토 기법으로 고독과 열정을 그려냈다. 구상과 추상을 넘나드는 그의 작품들은 현대 미술에 커다란 발자취를 남겼다.

◇

나의 사랑은 단지

푸른 하늘의 잔광이 아니라,

당신과 함께 지켜나가고 싶은

아득하고 거대한 우주입니다.

_『서신들 1926-1955』

칼릴 지브란(1883. 1. 6. – 1931. 4. 10.)
레바논의 시인이자 화가, 사상가이다. 대표작 『예언자』를 통해 동서양의 지혜를 융합한 독창적인 영성 문학을 선보였다. 시와 철학을 넘나들며 사랑과 삶의 본질을 탐구했다.

◇

친구는 당신의 필요에 응답하는 존재입니다.

사랑으로 씨를 뿌리고

감사함으로 거두는 밭입니다.

_『예언자』

1.7.

샤를 페기(1873. 1. 7. – 1914. 9. 5.)

프랑스의 시인이자 수필가이다. 사회주의와 가톨릭 신앙을 아우른 독특한 사상을 펼쳤으며, 반복적이고 리듬감 있는 문체를 통해 일상의 신성함과 희망의 가치를 노래했다.

◇

희망은 작은 아이와 같다.

아무것도 아닌 것 같은 그 여린 존재가

믿음과 사랑이라는 두 거인을

앞장서서 이끌고 간다.

_『두 번째 덕성의 신비에 이르는 현관』

1.8.

데이비드 밀른(1882. 1. 8. – 1953. 12. 26.)

캐나다의 화가이자 판화가, 작가이다. 일상의 풍경을 절제된 색채와 단순한 선으로 표현한 독창적인 화풍으로 캐나다 현대 미술사에 뚜렷한 발자취를 남겼다.

◇

이를 사랑이라 부르자.

사람도, 집도, 조국도 아닌,

아무것도 향하지 않는 사랑 —

즉 '자동사적 사랑' 말이다.

_『장소를 그리는 일』

1.9.

카렐 차페크(1890. 1. 9. – 1938. 12. 25.)

체코의 작가이자 극작가로, 희곡 『R.U.R.』에서 '로봇' 단어를 처음 사용하여 현대 과학소설의 기틀을 마련했다. 날카로운 풍자와 유머를 통해 현대 문명과 인간성을 탐구했다.

◇

정원사만큼 미래를 믿는 사람은 없다.

_『정원사의 열두 달』

찰스 조지 더글러스 로버츠(1860. 1. 10. – 1943. 11. 26.)
캐나다 자연시의 기초를 닦은 시인이자 소설가로, 풍경과 생명의 리듬을 섬세한 언어로 그려냈다. 『일상의 노래들』 등에서 자연 속 인간의 성장과 사유를 노래했다.

◇

미묘한 힘은 완벽함이 아니라

결핍과 갈망으로부터 솟아난다.

그 힘은 꽃 속에 있는 것이 아니라

꽃을 향해 나아가는 노력 속에 있다.

_「소의 목초지」

1.11.

베이어드 테일러(1825. 1. 11. – 1878. 12. 19.)

미국의 시인이자 평론가, 여행 작가이다. 괴테의 『파우스트』를 영어로 번역한 최고의 번역가 중 한 명으로 꼽히며, 섬세한 서정시와 통찰력 있는 여행기를 남겼다.

◇

가장 용감한 자가 가장 다정하고

사랑이 있는 자가 진정으로 대담하다.

_「진중가」

잭 런던(1876. 1. 12. – 1916. 11. 22.)

미국의 소설가이자 사회운동가로, 자연주의 문학의 거장이다. 『야성의 부름』에서 모험과 생존을 통해 인간의 본성과 사회의 모순을 날카롭게 통찰했다.

◇

인생의 정점에는

더 이상 오를 수 없는 최고의 황홀경이 있다.

역설적이게도, 그것은

가장 생생하게 살아 있으면서도

살아 있음을 완전히 잊는 순간에

비로소 찾아온다.

_『야성의 부름』

1.13.

코스티스 팔라마스(1859. 1. 13. – 1943. 2. 27.)

그리스 근대문학을 대표하는 시인이다. 구어 그리스어를 문학 언어로 정착시키는 데 기여했으며, 민족적 정체성과 인간 정신의 고양을 노래했다. 1896년 아테네 올림픽 찬가의 가사를 썼다.

◇

모든 빛은 우리 안에 있다.

_「접시의 열두 말」

베르트 모리조(1841. 1. 14. – 1895. 3. 2.)

프랑스의 화가이자 판화가이다. 인상주의의 유일한 여성 창립 멤버로, 빛과 공기의 떨림을 섬세한 붓질로 담아내며 여성의 일상과 사적인 공간을 따뜻하게 그렸다.

✧

울지 말아라,

말로 다할 수 없을 만큼

너를 사랑한단다.

_「줄리 마네에게 보낸 마지막 편지」

프란츠 그릴파르처(1791. 1. 15. – 1872. 1. 21.)

오스트리아의 극작가이자 시인이다. 고전주의적 형식과 낭만주의적 정서를 아우르며 인간 내면의 갈등과 비극적 운명을 깊이 있게 그렸다. 대표작 『사포』와 『황금 양털』로 빈 고전극의 정점을 이루었다.

◇

이 세상의 행복이란 무엇인가? 하나의 그림자!

이 세상의 영광이란 무엇인가? 하나의 꿈!

_『황금 양털』

1.16.

김영랑(1903. 1. 16. – 1950. 9. 29.)

한국의 서정시인으로 섬세한 언어와 감각적인 리듬이 돋보이는 시 세계를 구축했다. 대표작인 「모란이 피기까지는」을 비롯한 여러 작품에서 민족적 정서와 모국어의 아름다움을 표현했다.

◇

미움이란 말속에 보기싫은 아픔

미움이란 말속에 하잔한 뉘이침

그러나 그말슴 씹히고 씹힐 때

한거풀 넘치여 흐르는 눈물

_『영랑시선永郎詩選』

1.17.

앤 브론테(1820. 1. 17. – 1849. 5. 28.)

영국의 소설가이자 시인으로, 브론테 자매 중 막내이다. 여성의 노동과 자립, 도덕적 책임을 절제된 문체로 그렸으며, 대표작 『아그네스 그레이』와 『와일드펠 저택의 여인』을 남겼다.

✧

가시를 움켜쥘 용기가 없는 자는

장미를 갈망해서도 안 된다.

_「좁은 길」

1.18.

몽테스키외(1689. 1. 18. – 1755. 2. 10.)

프랑스의 계몽주의 철학자이자 사상가로『페르시아인의 편지』와『법의 정신』을 통해 권력분립 사상을 제시했다. 인간과 사회에 대한 예리한 관찰이 담긴 문장을 다수 남겼다.

◇

한 시간의 독서로

누그러지지 않은 슬픔은 없었다.

_『나의 생각』

에드거 앨런 포(1809. 1. 19. – 1849. 10. 7.)

미국의 소설가이자 시인, 비평가로 현대 추리 소설과 공포 문학의 선구자이다. 소설『검은 고양이』와 시「까마귀」 등을 통해 기괴하고 탐미적인 문학 세계를 구축했다.

◇

이기심 없고 자기희생적인

동물의 사랑에는

하찮은 우정과 허울뿐인 충실함을

자주 경험했던 사람의 마음을

울리는 무언가가 있다.

_『검은 고양이』

1.20.

요하네스 빌헬름 옌센(1873. 1. 20. – 1950. 11. 25.)

덴마크의 소설가이자 시인이다. 진화와 인류의 기원을 장대한 서사로 형상화한 『긴 여정』으로 문학적 명성을 얻었으며, 1944년 노벨 문학상을 수상했다.

◇

기억은 나무와 같아서

시간 속에서 자라나며

점점 더 넓고 깊어진다.

_『머나먼 여정』

모리츠 폰 슈빈트(1804. 1. 21. – 1871. 2. 8.)

오스트리아의 낭만주의 화가이자 일러스트레이터이다. 빈 국립 오페라 하우스의 벽화를 제작했으며, 슈베르트의 절친한 벗이자 예술적 동반자였다.

◇

오직 예술만이

우리를 일상 너머로 이끈다.

_『모리츠 폰 슈빈트 서간집』

1.22.

프랜시스 베이컨(1561. 1. 22. – 1626. 4. 9.)

영국의 철학자이자 정치가로, 근대 경험론의 선구자이다. 관찰과 실험을 중시하는 귀납법적 추론을 체계화해 근대 과학의 토대를 마련했다.

◇

아는 것이 힘이다.

_『신학 명상록』

1.23.

스탕달(1783. 1. 23. – 1842. 3. 23.)
프랑스의 소설가로 심리주의 문학의 선구자이다. 대표작 『적과 흑』『파르마의 수도원』을 통해 인간의 욕망과 사회적 야심을
정교하게 묘사해 근대 소설의 기틀을 마련했다.

◇

소설이란

길을 따라 들고 다니는 거울과 같다.

_『적과 흑』

1.24.

이디스 워튼(1862. 1. 24. – 1937. 8. 11.)

미국의 소설가이자 디자이너로, 1921년 여성 최초로 풀리처상을 수상했다. 대표작『순수의 시대』를 통해 뉴욕 상류층의 관습과 도덕적 갈등을 예리하게 묘사했다.

◇

당신을 만날 때마다,

당신은 내게 처음처럼

다시 시작됩니다.

_『순수의 시대』

1.25.

버지니아 울프(1882. 1. 25. – 1941. 3. 28.)
영국의 모더니즘 작가이자 비평가이다. 의식의 흐름 기법을 정립한 20세기 문학의 혁신가로『델러웨이 부인』『자기만의 방』
등을 통해 문학과 여성 사유의 지평을 확장했다.

✧

서두르지 않아도 된다.

반짝이지 않아도 된다.

그저 나 자신이면 된다.

_『자기만의 방』

1.26.

에드워드 사피어(1884 . 1. 26. – 1939. 2. 4.)

미국의 인류학자이자 언어학자로, '언어 상대성 이론(사피어-워프 가설)'의 토대를 닦았다. 북미 원주민 언어를 체계적으로
분류하고 언어와 문화의 밀접한 관계를 탐구했다.

◇

절대적인 것을

무조건 받아들이는 완고함,

그것이야말로 정신을 속박하고

영혼을 무감각하게 만든다.

_『언어, 말의 연구를 위한 입문』

레오폴트 폰 자허마조흐(1836. 1. 27. – 1895. 3. 9.)

오스트리아의 작가로 사랑과 권력, 욕망과 복종의 역학을 냉정하게 탐구했다. 『모피를 입은 비너스』가 대표작이며, 그의 이름에서 '마조히즘'이라는 용어가 유래했다.

◇

쾌락만이 삶에 살아갈 이유를 준다.

_『모피를 입은 비너스』

시도니 가브리엘 콜레트(1873. 1. 28. – 1954. 8. 3.)
프랑스의 소설가이자 저널리스트로, 감각과 육체, 일상의 미묘한 정서를 탁월한 문체로 포착했다. 여성 최초로 공쿠르 아카데미 회장을 역임했다.

◇

나는 나의 과거를 사랑하고,

현재를 사랑한다.

가진 것을 부끄러워하지 않고,

더는 가질 수 없다고 슬퍼하지도 않는다.

_『마지막 셰리』

안톤 파블로비치 체호프(1860. 1. 29. – 1904. 7. 15.)

러시아의 소설가이자 극작가, 의사로, 현대 단편 소설과 사실주의 연극의 거장이다. 인간 내면의 고독과 삶의 덧없음을 섬세하게 포착한 『갈매기』와 『벚꽃 동산』 등의 대표작을 남겼다.

◇

죽는다는 건 어떤 의미일까요?

어쩌면 인간에게는 백 가지 감각이 있는데

우리가 아는 다섯 가지만

죽음과 함께 사라지고

나머지 아흔다섯 가지는

살아남는 것일지도 몰라요.

_『벚꽃 동산』

1.30.

젤렛 버지스(1866. 1. 30. – 1951. 9. 18.)
미국의 예술가이자 작가, 평론가이다. 유머러스한 시와 수필로 인기를 끌었으며, 출판 홍보 문구를 뜻하는 '블러브blurb'라는 용어를 만들어 대중화했다.

◇

나는 보랏빛 소를 본 적이 없다.

보고 싶은 마음도 전혀 없다.

하지만 분명히 말할 수 있는 건

그런 소가 되느니

차라리 보는 쪽을 택하겠다.

_「보랏빛 소」

1.31.

프란츠 슈베르트(1797. 1. 31. – 1828. 11. 19.)

오스트리아의 작곡가로 '가곡의 왕'이라 불린다. 서른한 해의 짧은 생애 동안 600곡 이상의 가곡과 교향곡 등을 남기며 초기 낭만주의 음악의 거장이 되었다.

✧

마음이 따르지 않으면

기쁨은 노래할 수 없다네.

허나, 고통은 노래할수록

위안이 되어주지.

_『슈베르트, 편지와 기록으로 읽는 삶』

2월 — 집중

머물수록 깊어지는 선명함

2.1.

휴고 폰 호프만스탈(1874. 2. 1. – 1929. 7. 15.)

오스트리아의 시인이자 극작가이다. 빈 세기말 문학을 대표하는 작가로, 인간의 내면과 언어의 한계를 탐미적 문체로 그려냈다. 리하르트 슈트라우스의 오페라 대본가로도 널리 알려져 있다.

◇

우리는 기억으로 사는 것이 아니라,

잊어가며 살아간다.

_『친구들의 책』

2.2.

제임스 조이스(1882. 2. 2. – 1941. 1. 13.)

아일랜드의 소설가이자 시인으로, 20세기 모더니즘 문학의 혁명가이다. '의식의 흐름' 기법을 극대화한 『율리시스』와 『더블린 사람들』을 통해 현대 문학의 지평을 넓혔다.

◇

그들이 함께 보낸 삶의 순간들 —

아무도 알지 못했고

앞으로도 결코 알지 못할 그 순간들이

갑자기 그의 기억 속으로 밀려와

빛을 밝혔다.

_『더블린 사람들』

펠릭스 멘델스존(1809. 2. 3. – 1847. 11. 4.)

독일의 작곡가이자 지휘자로, 낭만주의 음악의 거장이다. <결혼 행진곡>과 <바이올린 협주곡> 등 명곡들을 남겼으며, 바흐의 <마태 수난곡>을 부활시켜 음악사의 흐름을 바꾸었다.

◇

삶을 가치 있게 만드는 것은

재능뿐만 아니라 사랑과 우정이다.

나는 곁에 머물러 주는

소중한 친구들에게 매일 감사한다.

_『펠릭스 멘델스존의 편지』

2.4.

미하일 프리슈빈(1873. 2. 4. – 1954. 1. 16.)
러시아의 소설가이다. 자연을 세밀하게 관찰하고 그 안에서 삶의 의미를 성찰하는 서정적 문체로 사랑받았다. 숲과 들, 동물과 인간의 교감을 담아내며 일상 속 풍경에서 존재의 깊이를 사유했다.

◇

지혜란 모든 것에서

좋은 것을 찾아내는 기술이다.

_『일기』

2.5.

조리스 카를 위스망스(1848. 2. 5. – 1907. 5. 12.)
프랑스의 소설가이다. 세상과 단절한 귀족 데제생트가 인공적 아름다움과 감각의 극단을 추구하는 과정을 그린 『거꾸로』를
통해 상징주의 문학의 지평을 열었다.

◇

가장 중요한 것은 집중하는 법,

그리고 마음을 단 하나의 명확한 지점에

고정할 줄 아는 것이다.

_『거꾸로』

2.6.

크리스토퍼 말로(1564. 2. 6. – 1593. 5. 30.)

영국 르네상스를 대표하는 시인이자 극작가이다. 강렬한 무운시로 영국 극시의 운율을 혁신했으며, 셰익스피어와 나란히 엘리자베스 시대를 대표하는 극작가로 손꼽힌다.

◇

나는 당신을 위해

장미로 침대를 만들고

천 가지의 향기로운 꽃다발을 엮으리.

꽃으로 수놓은 모자와

머틀 잎으로 엮은 외투를 드리리.

_「고독한 목자가 사랑하는 이에게」

찰스 디킨스(1812. 2. 7. – 1870. 6. 9.)

영국의 소설가로 산업혁명기의 빈곤과 불평등을 생생히 그렸다. 대표작 『올리버 트위스트』 『두 도시 이야기』 『위대한 유산』 등을 통해 약자의 삶을 따뜻한 시선으로 전했다.

◇

모든 인간은 다른 이들에게

끝없는 비밀과 신비다.

_『두 도시 이야기』

케이트 쇼팽(1850. 2. 8. – 1904. 8. 22.)

미국의 소설가로 여성의 욕망과 자아를 솔직하게 그렸다. 대표작『각성』에서 결혼과 자유의 갈등을 다뤘으며, 절제된 문체로 당대 사회의 규범을 조용히 흔들었다.

◇

고통을 겪더라도

결국 깨어나는 편이

평생 환상 속에 사는 것보다

나을지도 모른다.

_『각성』

나츠메 소세키(1867. 2. 9. – 1916. 12. 9.)
일본 근대 문학을 연 소설가로, 영국 유학의 경험을 바탕으로 자아와 근대인의 고독을 섬세하게 그렸다. 『나는 고양이로소이다』와 『마음』이 대표작이다.

◇

내 마음은 이 평온한 풍경처럼

스르르 봄 속에 녹아 사라지고,

아무런 괴로움도 바람도 없다.

한 척의 작은 배처럼

봄 바다 한가운데를 떠다니며,

물결이 치는 대로 조용히 흔들릴 뿐이다.

_『풀베개』

2.10.

보리스 파스테르나크(1890. 2. 10. – 1960. 5. 30.)
러시아의 시인이자 소설가이다. 『닥터 지바고』를 통해 격동의 역사 속에서도 훼손되지 않는 영혼과 사랑을 노래했다. 인간의 양심과 내면의 자유를 탐구한 문학의 거장이다.

✧

넘어지거나 실수해본 적이 없는

사람들을 좋아하지 않습니다.

그들의 미덕은 생기 없이 무미건조하며

큰 울림이 없습니다.

삶이 그들에게 그 아름다움을

드러내지 않은 겁니다.

_ 『닥터 지바고』

엘사 베스코브(1874. 2. 11. – 1953. 6. 30.)
스웨덴의 아동문학 작가이자 일러스트레이터이다. 숲과 계절, 작은 생명들의 세계를 따뜻한 선과 색으로 그려내 북유럽 동화 특유의 서정적 정서를 시각적으로 구현해냈다.

2.11.

◇

그녀는 너무나 작고 가벼워서

발밑의 이끼는 눌리지 않았고

마른 잎사귀도 바스락거리지 않았습니다.

숲은 그토록 작고 고운 그녀를 바라보기 위해

가만히 숨을 죽였습니다.

_『태양 알』

2.12.

김유정(1908. 2. 12. – 1937. 3. 29.)

한국의 소설가이다. 농촌을 배경으로 서민의 삶과 인간 군상을 해학과 풍자로 그렸다. 「동백꽃」 「봄봄」 「소낙비」 등에서 보듯, 질박한 언어로 서민의 애환을 따뜻하게 보듬었다.

◇

산기슭에 늘려있는 굵은 바윗돌틈에

노란 동백꽃이 소보록허니 깔리었다.

_「동백꽃」

사로지니 나이두(1879. 2. 13. – 1949. 3. 2.)
인도의 시인이자 정치가로, 인도의 풍경과 삶을 서정적인 영시英詩로 노래했다. 동양적 사유와 서구적 율격을 아우르며 인간 영혼의 보편적인 가치를 전했다.

✧

일곱 겹 높이에서 몸을 낮춰
내 생명의 은총을 네게 전하리라.
삶은 나의 빛이 이루는 프리즘,
죽음은 나의 얼굴이 드리운 그림자.

_「영혼의 기도」

안나 하워드 쇼(1847. 2. 14. – 1919. 7. 2.)

미국의 의사이자 목사, 여성 참정권 운동의 지도자이다. 미국 최초의 여성 감리교 목사로 서품받았으며, 힘 있는 연설과 설득력 있는 언변으로 평등과 정의의 가치를 알렸다.

✧

행복을 위한 모든 것이 내게 있다.

진실한 믿음, 좋은 친구들,

그리고 내가 할 수 있는 일들이.

_『개척자 이야기』

2.15.

어니스트 섀클턴(1874. 2. 15. – 1922. 1. 5.)

영국의 탐험가이다. 남극 탐험 중 인듀어런스호 조난 상황에서 대원 전원을 무사히 생환시켜 절망 속에서도 포기하지 않는 인간 정신의 위대함을 몸소 보여주었다.

◇

우리는 신의 장엄함을 보았고

자연이 들려주는 말을 들었으며

마침내 인간의 벌거벗은 영혼에 닿았다.

_『남극』

옥타브 미르보(1848. 2. 16. – 1917. 2. 16.)

프랑스의 소설가이자 예술 평론가이다. 『어느 하녀의 일기』와 『고통의 정원』으로 사회의 위선을 날카롭게 해부했으며, 인상주의 예술가들을 세상에 알린 안목 높은 비평가였다.

✧

고독은 혼자 사는 것이 아니라

무관심한 이들과 함께 사는 것이다.

_『하녀의 일기』

2.17.

사데크 헤다야트(1903. 2. 17. – 1951. 4. 9.)

이란 근대 문학의 선구자다. 『눈먼 부엉이』를 통해 인간 내면의 고독과 실존적 고뇌를 탐미적으로 그렸다. 페르시아적 정서와 서구의 기법을 접목한 독창적인 작품을 남겼다.

◇

태양은 황금 칼날처럼

벽에 드리운 그림자의 가장자리를

조용히 도려내고 있었다.

_『눈먼 부엉이』

2.18.

니코스 카잔차키스(1883. 2. 18. – 1957. 10. 26.)

그리스를 대표하는 소설가이자 사상가로, 신과 인간, 욕망과 구원의 문제를 치열하게 탐구했다. 대표작 『그리스인 조르바』를 통해 인간의 자유와 생의 에너지를 노래했다.

✧

행복을 느끼는 순간에는

그것을 자각하기 어렵다.

지나간 뒤에야 우리는 깨닫는다.

그때가 얼마나 행복했는지를.

_『그리스인 조르바』

2.19.

콘스탄틴 브란쿠시(1876. 2. 19. – 1957. 3. 16.)

루마니아의 조각가로 형태를 단순화해 본질을 드러내는 현대 조각의 선구자이다. <새>와 <키스> 연작 등을 통해 자연과 영혼의 움직임을 순수한 형상으로 구현했다.

✧

나는 평생 비상의 본질을 찾아 헤맸다.

비상 — 이 얼마나 황홀한가.

_『비범한 시선』

루시앙 피사로(1863. 2. 20. – 1944. 7. 10.)

프랑스의 화가이자 판화가로, 인상주의 거장 카미유 피사로의 장남이다. 에라니 프레스를 설립해 정교한 활판 인쇄와 삽화 작업을 통해 책 디자인의 미학을 발전시켰다.

◇

자연에 가장 깊은 경의를 표한다.

그것이 모든 예술의 원천임을 믿기에.

_『에라니 프레스 비망록』

사샤 기트리(1885. 2. 21. – 1957. 7. 24.)

프랑스의 극작가이자 배우, 감독이다. 재치 넘치는 대사와 철학적인 통찰로 사랑과 인간 심리를 날카롭게 그렸다. 무대와 스크린을 오가며 프랑스 대중극과 초기 영화에 뚜렷한 흔적을 남겼다.

✧

누군가 귀 기울여 준다면

침묵은 세상에서

가장 아름다운 소리가 된다.

_『생각, 격언 및 아포리즘』

아르투어 쇼펜하우어(1788. 2. 22. – 1860. 9. 21.)
독일의 철학자이다. 세계를 맹목적 의지와 표상의 이중 구조로 설명하며 삶의 고통을 통찰했다. 예술과 연민을 통한 구원을
제시해 니체 등 후대 사상가들에게 깊은 영향을 미쳤다.

◇

인간은 혼자일 때만

진정한 자신이 될 수 있다.

고독을 즐기지 못한다면

자유도 사랑할 수 없다.

_『수필과 격언』

2.23.

이효석(1907. 2. 23. – 1942. 5. 25.)

한국 현대 단편소설의 거장이다. 탐미주의적 감수성으로 자연과 인간의 조화를 섬세하게 그렸으며, 「메밀꽃 필 무렵」은 시적인 문장과 향토적 정취로 한국 문학의 미학을 높인 걸작으로 꼽힌다.

✧

산허리는 온통 메밀밭이어서

피기 시작한 꽃이 소금을 뿌린 듯이

흐뭇한 달빛에 숨이 막힐 지경이다.

_「메밀꽃 필 무렵」

2.24.

조지 무어(1852. 2. 24. – 1933. 1. 21.)

아일랜드의 소설가이자 평론가이다. 『케릿 시내』에서 종교와 인간 내면을 철학적으로 탐구했으며, 섬세한 심리 묘사와 대담한 주제로 20세기 초 아일랜드 문학에 큰 영향을 미쳤다.

✦

사람은 자신에게 필요한 것을 찾아

온 세상을 여행하지만,

결국 집으로 돌아와 그 답을 발견한다.

_『케릿 시내』

피에르 오귀스트 르누아르(1841. 2. 25. – 1919. 12. 3.)
프랑스 인상주의를 대표하는 화가이다. 인물의 아름다움과 일상의 환희를 따뜻하고 부드러운 필치로 그렸다. 인생의 기쁨과 생기를 담아낸 <물랭 드 라 갈레트의 무도회>는 인상주의의 정수를 보여주는 대표작이다.

✧

그림은 즐겁고 밝고 아름다워야 한다.

인생에는 불쾌한 일들이 이미 너무 많으니

거기에 또 하나를 더할 필요는 없다.

_『르누아르』

2.26.

빅토르 위고(1802. 2. 26. – 1885. 5. 22.)

프랑스 낭만주의를 대표하는 작가이다. 『레미제라블』에서 혁명과 사랑, 정의와 구원의 문제를 장대한 서사로 그려냈다. 시대의 고통을 품은 문학으로 인간의 존엄과 자유를 옹호한 대문호이다.

◇

사랑은 나무와 같다.

저절로 자라 우리 존재 깊은 곳에

뿌리를 내리고

폐허가 된 마음에서도

여전히 푸르게 번성한다.

_『노트르담의 꼽추』

앤젤리나 웰드 그림케(1880. 2. 27. – 1958. 6. 10.)
미국의 시인이자 극작가로, 아프리카계 미국 문학과 초기 흑인 르네상스의 가교 역할을 했다. 서정적이면서도 절제된 언어로 사랑과 고독, 인종적 상처를 다뤘다.

◇

황혼은 한 송이 꽃과 같아서

한숨을 내쉬며 피어난다.

_「모나리자에게」

미셸 드 몽테뉴(1533. 2. 28. – 1592. 9. 13.)

르네상스 시대를 대표하는 프랑스의 철학자이자 수필가이다. 『수상록』에서 자신과 인간 존재를 깊이 성찰하며 근대 회의주의의 기틀을 마련했다. "나는 무엇을 아는가?"라는 말로 사유의 자유를 일깨웠다.

◇

우리 자신만의 내밀한 방을

따로 간직해야 한다.

그곳에 오롯이 자유와 고독,

그리고 은신처를 허락해야 한다.

_『수상록』

3월 — 기대

모든 것을 꿈꿀 수 있는 순간

3.1.

리턴 스트레이치(1880. 3. 1. – 1932. 1. 21.)

영국의 전기 작가이자 비평가이다. 『빅토리아 시대의 위인들』에서 인물들의 권위와 신화를 해체하고, 아이러니와 절제된 문체로 인간적 면모를 드러내며, 전기 문학의 새로운 형식을 열었다.

◇

인간은 독립적이며

영원한 가치를 지니고

그 자체만으로도 귀하게 여겨져야 한다.

_『빅토리아 시대의 위인들』

3.2.

숄롬 알레이헴(1859. 3. 2. – 1916. 5. 13.)

러시아 제국에서 태어난 유대계 작가이다. 유머와 연민으로 동유럽 유대인 공동체의 삶을 그렸으며, 테비예 연작은 뮤지컬 <지붕 위의 바이올린>의 원작으로도 유명하다.

✧

세상에서 자신을 소진시키는 것보다

더 나쁜 일은 없다.

_『유대인 아이들』

3.3.

알랭에밀-오귀스트 샤르티에(1868. 3. 3. – 1951. 6. 2.)

프랑스의 철학자이자 에세이스트이다. 『프로포』 연작을 통해 일상의 사소한 장면에서 철학적 성찰을 펼쳤다. 맹목적 권위와 집단적 열광을 경계하며, 개인의 이성과 판단, 시민적 책임을 강조했다.

◇

행복은 우리에게 일어나는 일이 아니라

어떻게 받아들이느냐에 달려 있다.

좋은 면을 보려 애쓰고

사물의 밝은 면을 찾으며

불필요한 근심은 흘려보내야 한다.

_『행복에 대하여』

3.4.

안토니오 비발디(1678. 3. 4. – 1741. 7. 28.)

이탈리아의 작곡가이자 바이올리니스트, 가톨릭 사제로 바로크 음악을 대표한다. <사계>에서 자연의 풍경과 감정을 생생한 선율로 묘사했으며, 화려한 독주와 리토르넬로 형식을 통해 협주곡의 구조를 발전시켰다.

◇

봄이 왔네, 기쁨에 들뜬 새들이

즐거운 노래로 맞이하고

서풍이 불어오는 가운데

샘물은 감미로운 속삭임으로 흐르네.

_『사계』 중 '봄을 위한 소네트'

하워드 파일(1853. 3. 5. – 1911. 11. 9.)

미국의 일러스트레이터이자 작가이다. 『로빈 후드의 모험』과 『아서 왕 이야기』 등 중세와 해적을 소재로 한 역사·모험 이야기에 생동감 넘치는 삽화를 그렸다.

◇

하늘은 어디에선가

항상 푸르게 빛나고 있을 것이다.

그것을 찾아낼 만큼

충분히 멀리 가기만 한다면.

_『달 뒤편의 정원』

3.6.

엘리자베스 배럿 브라우닝(1806. 3. 6. – 1861. 6. 29.)

빅토리아 시대를 대표하는 영국의 시인이다. 개인적 사랑의 고백과 사회적 부조리에 대한 연민을 함께 노래했으며 『포르투갈 소네트』에서 깊고도 단단한 언어로 영국 시의 지평을 넓혔다.

◇

해처럼 매일 떠오르던 그 얼굴,

삶의 시작과 함께 나를 비추던 그 얼굴,

하루의 모든 빛나는 순간을

사랑으로 채워주던 그 얼굴.

이제는 흐릿해졌으나

그럼에도 나의 하루는 계속되고, 계속되리.

_「심연에서」

3.7.

알레산드로 만초니(1785. 3. 7. – 1873. 5. 22.)

이탈리아의 소설가이자 시인이다. 대표작 『약혼자들』에서 역사와 신앙, 인간의 도덕적 선택을 장대한 서사로 그려 이탈리아 근대 소설의 기틀을 마련했다.

◇

이 고단한 삶에서

우리가 기댈 수 있는 가장 큰 위로는

변치 않는 우정이다.

_『약혼자들』

케네스 그레이엄(1859. 3. 8. – 1932. 7. 6.)
영국의 작가로 자연과 우정, 모험의 정서를 담은 아동문학의 고전 『버드나무에 부는 바람』으로 널리 알려졌다. 인간과 자연이 어우러진 세계를 서정적인 문체로 그려냈다.

◇

동물들은 그곳이 마음에 들자

자리를 잡아 정착하고 번성했다.

그들은 과거 따위에는 신경 쓰지 않았다.

정말 그랬다. 너무 바빴기 때문이다.

_『버드나무 언덕의 바람』

비타 새크빌 웨스트(1892. 3. 9. – 1962. 6. 2.)
영국의 작가이자 정원 디자이너로, 버지니아 울프의 소설 『올랜도』의 실제 모델이다. 시싱허스트성에 조성한 정원은 20세기 영국 정원 디자인의 걸작으로 손꼽힌다.

◇

써야 한다,

날들이 텅 빈 채로 흘러가지 않도록.

_『십이일간의 여정』

3.10.

보리스 비앙(1920. 3. 10. – 1959. 6. 23.)
프랑스의 소설가이자 시인, 재즈 음악가로 소설과 노래, 평론을 넘나들며 전후 파리의 자유로운 예술 정신을 이끌었다.『날들의 거품』에서 초현실과 사랑, 시대의 불안을 독창적 언어로 그렸다.

◇

내가 관심 있는 것은
모두의 행복이 아니라, 각자의 행복이다.

_『날들의 거품』

3.11.

토르콰토 타소(1544.. 3. 11. – 1595. 4. 25.)

르네상스 후기 이탈리아의 시인이다. 제1차 십자군 전쟁을 다룬 서사시 『해방된 예루살렘』에서 영웅적 이상과 인간적 번민을 함께 그려내며 기독교적 신념과 기사도의 세계를 장엄하게 노래했다.

◇

사랑 없이 보낸 모든 나날은

잃어버린 시간이다.

_『아민타』

가브리엘레 단눈치오(1863. 3. 12. – 1938. 3. 1.)

이탈리아의 시인이자 소설가이다. 관능적 언어와 미학주의적 감수성으로 데카당스 문학을 대표했고, 근대 이탈리아 문학에 깊은 흔적을 남겼다.

◇

공기 중에는 기억을 자극하는

시든 장미의 아련한 향기가 감돌고 있었다.

_『쾌락』

3.13.

휴 월폴(1884. 3. 13. – 1941. 6. 1.)
영국의 소설가이자 평론가이다. 전통적 서사 구조에 섬세한 심리 묘사를 더해 인간 내면과 시대 분위기를 그렸다. 『해리스 연대기』 연작으로 영국 사회와 인간 군상을 폭넓게 펼쳐 보였다.

✧

불편함은 오히려

그의 행복을 강조할 뿐이었다.

그는 조금도 개의치 않았다.

_『제레미』

3.14.

알베르트 아인슈타인(1879. 3. 14. – 1955. 4. 18.)

독일의 이론물리학자로, 상대성 이론을 제시해 시간과 공간에 대한 인식을 근본적으로 바꾸었다. 광전 효과 연구로 1921년 노벨 물리학상을 받았으며, 질량과 에너지의 등가성($E=mc^2$)을 밝혀 현대 물리학의 토대를 확립했다.

◇

어둠 속에서 불안하게 헤매던 세월,

갈망과 자신감, 피로의 반복,

그리고 마침내 빛 속으로 나아가는 그 순간.

그 의미는 경험한 사람만이 알 수 있다.

_『나의 세계관』

자크 엘리제 르클뤼(1830. 3. 15. – 1905. 7. 4.)
프랑스의 지리학자이자 사상가이다. 자연과 인간을 분리하지 않고 하나의 유기적 세계로 바라보았으며, 『물의 역사』와 『신세계 지리』에서 과학적 관찰을 서정적 문체로 풀어냈다.

◇

물은 절대 지치지 않는다.

부드럽게 인내하며 제 갈 길을 간다.

_『물의 역사』

쉴리 프뤼돔(1839. 3. 16. – 1907. 9. 6.)

프랑스의 시인으로 감정의 절제와 형식미를 중시한 파르나스파의 미학을 따랐다. 치밀한 구성 속에 이성과 서정을 조화한 시로 1901년 제1회 노벨 문학상을 수상했다.

✧

사랑하는 그 손길 또한

마음을 스치며 생채기를 내나니,

마음은 이내 스스로 금이 가고

사랑의 꽃은 시들어 버린다.

_「깨진 꽃병」

3.17.

케이트 그리너웨이(1846. 3. 17. – 1901. 11. 6.)
영국의 일러스트레이터이자 작가이다. 빅토리아 시대 그림책에 맑고 서정적인 그림을 남겼으며, 파스텔 색조와 단정한 복식 묘사를 통해 고유한 화풍을 확립했다.

◇

세상은 행복으로 가득하다.

그것을 찾는 일은 우리의 몫이다.

_「행복」

3.18.

스테판 말라르메(1842. 3. 18. – 1898. 9. 9.)

프랑스 상징주의를 대표하는 시인이다. 언어의 음악성과 암시를 중시하며 파격적인 행 배열과 형식 실험을 통해 현대 시의 새로운 지평을 열었다.

✧

나의 의심, 오래된 밤의 덩어리는 마침내

가느다란 수많은 가지로 흩어진다.

_「목신의 오후」

윌리엄 앨링엄(1824. 3. 19. – 1889. 11. 18.)
아일랜드의 시인으로 민요적 운율과 소박한 서정으로 자연과 농촌의 일상을 노래했다. 요정 전통을 살린 작품들로 빅토리아 시대 시단에 뚜렷한 자취를 남겼다.

◇

봄은 한 해의 아침이요,

아침은 하루의 봄이다.

_『블랙베리』

3.20.

헨리크 입센(1828. 3. 20. – 1906. 5. 23.)
노르웨이의 극작가로 근대 사실주의 연극을 확립했다. 『인형의 집』 등에서 개인의 자유와 사회 규범의 충돌을 날카롭게 그려 현대극의 흐름에 깊은 영향을 미쳤다.

◇

나 자신과 주변을 이해하려면

혼자 서는 법을 배워야 합니다.

그래서 더는 당신과 함께할 수 없는 거예요.

_『인형의 집』

3.21.

앨리스 헨리(1857. 3. 21. – 1943. 2. 14.)

호주에서 태어나 미국에서 활동한 노동운동가이자 저술가이다. 여성의 조직화와 참정권을 생존의 문제로 강조하며, 평생 여성 노동자의 권익 향상과 노동법 개정을 위해 힘썼다.

◇

많이 바라지 말고

조금도 두려워하지 말라.

_『노동조합 여성』

3.22.

랜돌프 칼데콧(1846. 3. 22. – 1886. 2. 12.)

영국의 일러스트레이터로 글과 그림을 유기적으로 엮어 현대 그림책의 형식을 확립했다. 그의 이름을 딴 칼데콧상은 최고의 그림책 일러스트레이터에게 수여되는 영예로운 상으로 꼽힌다.

◇

내 스케치는 나의 기록,

내가 간직한 기억이다.

_『랜돌프 칼데콧 회고록』

3.23.

매디슨 카웨인(1865. 3. 23. – 1914. 12. 8.)

미국의 시인으로 자연과 계절, 고요한 감정을 따뜻한 언어로 노래했다. 자연의 미세한 변화를 극도로 섬세하고 화려하게 묘사해 미국 남부가 낳은 가장 서정적인 자연 시인으로 불린다.

✧

숲은 금빛 장정의 거대한 책이요,

바람은 보이지 않는 펜으로

그 위에 음악을 적어 내린다.

_『자연의 노트와 인상』

3.24.

윌리엄 모리스(1834. 3. 24. – 1896. 10. 3.)

영국의 디자이너이자 작가, 사회사상가로 미술공예운동을 이끌었다. 수공예의 가치와 생활 속 아름다움을 강조하며 산업화 시대의 기계적 생산을 비판했고, 노동과 예술이 조화를 이루는 삶의 방식을 제시했다.

◇

꼭 필요하거나 아름답다고 믿는 것이 아니라면

당신의 집안에 들이지 마세요.

_「삶의 아름다움에 관한 강연」

3.25.

메리 웹(1881. 3. 25. – 1927. 10. 8.)

영국의 소설가이자 시인이다. 슈롭셔 지방의 자연을 배경으로 인간의 고독과 사랑, 운명을 서정적으로 그린 작품을 통해 영국 농촌문학에 뚜렷한 발자취를 남겼다.

◇

대지의 음악은 두 가지다.

바람과 물의 목소리로 이루어진 음악,

그리고 소리 없는 것들의 음악 ―

자라는 풀의 선율, 수액의 부드러운 흐름,

바람이 나무들과 나누는 이야기.

_『기쁨의 봄』

알프레드 에드워드 하우스먼(1859. 3. 26. – 1936. 4. 30.)

영국의 시인이자 고전학자로, 라틴 문헌 연구의 권위자였다. 시집『슈롭셔의 젊은이』에서 청춘의 덧없음과 자연의 아름다움을 간결하고 음악적인 언어로 노래했다.

◇

가장 사랑스러운 나무, 벚나무여

가지마다 꽃이 환히 걸려 있네.

_『슈롭셔의 젊은이』

앙리 뮈르제(1822. 3. 27. – 1861. 1. 28.)
프랑스의 소설가이자 극작가이다. 파리 보헤미안 예술가들의 삶을 사실적으로 그린 『보헤미안의 삶』으로 널리 알려졌으며, 이 작품은 푸치니 오페라 〈라 보엠〉의 원작이 되었다.

◇

보헤미안의 삶이란 청춘의 시간이다.

아무것도 가진 것이 없기에

모든 것을 꿈꿀 수 있는 순간이다.

_『보헤미안의 삶』

막심 고리키(1868. 3. 28. – 1936. 6. 18.)
러시아의 소설가이자 극작가로, 빈곤과 노동자의 현실을 강렬한 사실주의로 그렸다. 자전적 소설과 희곡을 통해 인간의 존엄과 저항 의지를 강조하며 러시아 혁명기 문학에 큰 영향을 미쳤다.

✧

책은 나에게 기적이었다.

_『어린 시절』

에드윈 루티언스(1869. 3. 29. – 1944. 1. 1.)
영국의 건축가이다. 뉴델리 신도시 설계와 전쟁기념비 디자인으로 국제적 명성을 얻었으며, 비례와 장엄함을 중시한 작품으로 20세기 초 영국 건축을 대표한다.

◇

장엄한 뇌우가 몰아쳤어요.

거대한 대리석 회랑과 잉크처럼 검은 하늘,

나무들의 선명한 색채와

붉은 지붕의 건물들이 어우러진 광경은

정말 인상 깊었답니다.

_『아내 에밀리에게 보낸 편지』

빈센트 반 고흐(1953. 3. 30. – 1890. 7. 29.)

후기 인상주의를 대표하는 네덜란드의 화가로, 강렬한 색채와 거친 붓질로 감정을 담아냈다. <별이 빛나는 밤> <해바라기> 등 대부분의 작품이 생전에는 인정받지 못했으나, 사후 현대 미술에 지대한 영향을 끼쳤다.

✧

나는 사람들을 사랑하는 것이야말로

진정한 예술이라고 생각해.

_「테오에게 보낸 편지」

3.31.

앤드류 마블(1621. 3. 31. – 1678. 8. 16.)

영국의 형이상학파 시인으로, 지적 기지와 섬세한 서정이 어우러진 시를 남겼다. 시간과 사랑, 자연을 사유적으로 엮으며 당대의 정치적 현실과 개인의 내밀한 감정을 함께 담아냈다.

✧

마음은 기쁨을 지나

행복으로 물러나고,

만물은 소멸하여

초록 그늘 속 초록 사유로 남는다.

_「정원」

4월 — 성장
소리 없이 깊어지는 것들

4.1.

니콜라이 고골(1809. 4. 1. – 1852. 3. 4.)
러시아 문학을 대표하는 우크라이나 태생 작가이다. 『외투』 『검찰관』 『죽은 영혼』으로 환상과 풍자적 사실주의를 선보이며 소시민의 비애와 관료주의를 날카롭게 비판했다.

◇

고요히 홀로 살며

자연의 장관을 즐기고

때때로 책을 읽기.

이보다 더 큰 즐거움은 없을 것이다.

_『죽은 영혼』

에밀 졸라(1840. 4. 2. – 1902. 9. 29.)

프랑스의 소설가이자 언론인으로, 자연주의 문학의 거장이다. 대표작 『목로주점』과 『제르미날』이 포함된 루공-막카르 20부작에서 사회의 어두운 현실을 냉철하게 파헤쳤다.

◇

폭풍이 몰아치는 동안,

그녀는 먼 미래의 어떤 엄중한 일을

내다보는 사람처럼 그 자리에 서서

번개를 응시했다.

_『목로주점』

4.3.

존 버로스(1837. 4. 3. – 1921. 3. 29.)
미국의 자연주의 작가이자 에세이스트이다. 새와 자연을 생생히 관찰한 『웨이크 로빈』『새와 시인』 등에서 소박한 문체로 인간과 자연의 교감을 그렸다.

✧

보편적인 것에서 느끼는 충만함 —

맑은 공기와 물에서 상쾌함을 느끼고,

아침저녁 느긋한 산책으로 마음이 맑아지고,

밤하늘의 별빛에 설레고,

새 둥지나 들꽃을 보며 벅차오르는 감정.

이 모든 것이 '단순한 삶'이 주는 보상이다.

_『잎과 덩굴』

로버트 에밋 셔우드(1896. 4. 4. – 1955. 11. 14.)
미국의 극작가이자 각본가로, 전쟁과 인간의 양심을 지적이고 유머러스하게 그렸다. 영화와 연극을 넘나드는 작품 활동을 했고 퓰리처상을 네 차례 수상했다.

4.4.

◇

이토록 근시안적인 세상에서

긴 안목을 유지하기란

결코 쉬운 일이 아닙니다.

_『백치의 기쁨』

4.5.

앨저넌 찰스 스윈번(1837. 4. 5. – 1909. 4. 10.)

영국의 시인이다. 선율적인 운율과 도발적인 주제로 빅토리아 시단에 강한 인상을 남겼다. 사랑과 자유, 금기를 탐하는 대담한 서정으로 기존의 도덕과 전통에 도전했다.

◇

아무리 지친 강물일지라도 굽이쳐

마침내 평온한 바다로 이른다.

_「프로세르피나의 정원」

장 밥티스트 루소(1671. 4. 6. – 1741. 3. 17.)

프랑스 고전주의 말기의 시인이다. 날카로운 풍자와 엄격한 형식미를 지닌 『오드』와 『에피그램』을 통해 인생의 허무, 도덕적 절제, 인간 운명에 대한 성찰을 간결한 시구로 표현했다.

✧

삶은 한 줄기 꿈이요, 죽음은 깨어남이라.

인간은 태어나는 순간부터

제 몫의 상실을 향해 한 걸음 내딛는다.

_『에피그램』

윌리엄 워즈워스(1770. 4. 7. – 1850. 4. 23.)

영국의 시인으로 낭만주의를 대표한다. 자연과 일상의 경험을 평이한 언어로 노래했으며, 『서정담시집』을 통해 시의 언어를 혁신하고 근대 영국 서정시의 방향을 제시했다.

◇

나는 이제 자연을 바라본다.

한때 무심했던 젊은 시절의 눈이 아니라

인생의 고요하고 슬픈 음악에 귀 기울이며.

_「틴턴 사원에서 몇 마일 떨어진 곳에서 지은 시」

엘리자베스 베이컨 커스터(1842. 4. 8. – 1933. 4. 4.)

미국의 작가로, 개척 시대와 서부 전장의 삶을 체험하며 기록한 회고록으로 널리 알려졌다. 거친 전장과 황야의 삶을 섬세하고 서정적인 문체로 묘사했다.

◇

한 사람의 영혼,

그 지평을 온통 채울 수 있었다면

결코 헛된 삶을 산 것이 아닙니다.

_『장화와 안장』

샤를 피에르 보들레르(1821. 4. 9. – 1867. 8. 31.)
프랑스의 시인이자 비평가로, 상징주의의 선구자로 손꼽힌다. 대표작『악의 꽃』에서 근대 도시의 우울과 관능, 인간 내면의 분열을 탐구하며 현대 시의 새로운 감각과 미학을 제시했다.

◇

그대는 나에게 진흙을 주었고
나는 그것으로 금을 만들었노라.

_『악의 꽃』

윌리엄 해즐릿(1778. 4. 10. – 1830. 9. 18.)

낭만주의를 대표하는 영국의 수필가이자 문학 비평가이다. 날카로운 통찰과 개성 강한 문체로 인간의 감정과 사유를 탐구했으며, 근대 에세이 발전에 큰 영향을 미쳤다.

◇

여행의 본질은 자유, 오직 자유다.

원하는 대로 생각하고 느끼고 행동하는 것.

_『여행의 의미』

존 데이비드슨(1857. 4. 11. – 1909. 3. 23.)
스코틀랜드의 시인이자 극작가로, 후기 빅토리아 시대 말기에 활동했다. 자연주의와 물질주의적 사유를 아우르며 인간 의지와 고독, 삶의 위기를 실존적으로 탐구했다.

✦

먼바다의 돛대들이 꼭대기를 흔들고
출렁이는 파도가 해변에 울려 퍼지네.
다이아몬드 방울 맺힌 사프란 빛 해변이
노을빛을 머금어 반짝이네.

_「롬니 습지에서」

알렉산드르 오스트롭스키(1823. 4. 12. – 1886. 6. 14.)
러시아의 극작가로 평범한 삶 속의 비극을 숭고한 서정성으로 끌어올렸다. 상인 계층과 하층민의 일상을 예리하게 포착한 희곡을 남겼으며, 러시아 근대 사실주의 연극의 초석을 놓았다.

◇

왜 사람들은 새들처럼 날지 못할까요?

가끔은 내가 새인 것만 같아요.

_『폭풍』

4.13.

토머스 제퍼슨(1743. 4. 13. – 1826. 7. 4.)
미국의 제3대 대통령이자 문필가로 『독립선언서』의 주요 저자였다. 계몽주의 철학에 바탕을 둔 방대한 서신과 저술을 통해 개인의 자유, 공교육, 종교적 관용을 옹호했다.

◇

싹을 틔우는 풀 한 포기,

살아 움직이는 모든 것이

내겐 흥미롭단다.

_「딸 마사 제퍼슨 랜돌프에게 보낸 편지」

모리츠 슐리크(1882. 4. 14. – 1936. 6. 22.)

독일의 철학자로 논리실증의의 중심인 비엔나 학단을 이끌었다. 경험적으로 검증될 수 없는 형이상학적 명제는 인식적 의미를 지니지 않는다고 보았다.

◇

존재가 의미를 지닌다면,

그 의미는 현재에 있다.

_『삶의 의미에 관하여』

레오나르도 다 빈치(1452. 4. 15. – 1519. 5. 2.)
이탈리아 르네상스를 대표하는 화가이자 조각가, 건축가, 발명가, 해부학자, 식물학자였다. <모나리자>와 <최후의 만찬>으로 예술과 과학을 하나로 아우르는 탁월한 업적을 남겼다.

◇

나무껍질이 벗겨지면

그 부분을 메우기 위해

다른 곳보다 더 많은 영양분을 보낸다.

그래서 그 자리에는

더 두꺼운 껍질이 다시 자라난다.

_『예술과 삶에 대한 사유』

아나톨 프랑스(1844. 4. 16. – 1924. 10. 12.)
프랑스의 소설가이자 비평가로, 아이러니와 회의적 지성으로 인간과 사회를 통찰했다. 문체의 우아함과 사유의 깊이를 인정받아 1921년 노벨 문학상을 수상했다.

◇

사람 마음속에서 어떤 꽃이
피어날지는 아무도 모른다.
그저 그 마음이 생명의 온기를
간직하고 있으면 된다.

_『에피쿠로스의 정원』

4.17.

카렌 블릭센(1885. 4. 17. – 1962. 9. 7.)

덴마크의 작가로 필명은 이삭 디네센이다. 아프리카 체험을 바탕으로 쓴 『아웃 오브 아프리카』에서 삶과 운명의 서사를 우아한 문체로 그렸다.

◇

이 높은 곳의 공기를 들이마시며

편안히 숨을 쉬고 마음이 가벼워졌다.

고지대에서 아침에 깨어나며 깨달았다.

"여기, 내가 있어야 할 곳에 있구나."

_『아웃 오브 아프리카』

4.18.

헨리 켄달(1839. 4. 18. – 1882. 8. 1.)
호주를 대표하는 19세기 시인이다. 호주의 숲과 바다, 새소리와 바람을 섬세하고 음악적인 언어로 노래했으며, 초기 식민지 문학의 서정적 정체성을 형성했다.

◇

물가에 내려앉아

떨어진 꽃들 사이에 누웠을 때

나는 평온 속에 잠겼노라.

바람의 숨결도 새의 날갯짓도

잎사귀 하나 흔들리지 않았으니

시간의 발소리 들릴 만큼 고요했네.

_「에일린」

구스타프 페히너(1801. 4. 19. – 1887. 11. 18.)

독일의 철학자이자 물리학자로, 현대 심리학의 토대인 '정신물리학'을 창시했다. 만물에 영혼이 있다는 범심론을 바탕으로 자연의 신비를 깊이 탐구했다.

◇

식물에 영혼이 있다고 받아들일 때,

자연을 바라보는 시선은 더 깊고 충만해진다.

그 순간 자연 속의 수많은 관계와 배열은

죽은 구조가 아니라 살아 있는 의미로

우리 앞에 모습을 드러낸다.

_『난나, 식물의 영혼에 대하여』

4.20.

강경애(1906. 4. 20. – 1944. 4. 26.)

한국의 소설가로 여성과 빈민, 노동자의 현실을 정면으로 다룬 사회파 작가이다. 『인간문제』와 『소금』 등에서 계급과 성차별의 억압 속 인간의 존엄과 생존을 치열하게 그렸다.

◇

밤은 깁허갓다.

별은 초롱초롱 비치고 잇섯다.

그러나 이 아름다운 밤에도

얼마나 만흔 사람이

잠 못 들고 애를 태울 것인가!

_『인간문제』

4.21.

샬럿 브론테(1816. 4. 21. – 1855. 3. 31.)
영국의 소설가로 대표작 『제인 에어』를 통해 여성의 자아와 사랑, 내적 자립을 그렸다. 내면의 열정과 도덕적 긴장을 섬세한 문체로 풀어내며 빅토리아 시대 문학에 깊은 발자취를 남겼다.

◇

인생은 원한을 품거나

잘못을 마음에 새기며 보내기엔

너무 짧다.

_『제인 에어』

4.22.

임마누엘 칸트(1724. 4. 22. – 1804. 2. 12.)

독일의 철학자로, 세계를 이해하는 중심을 대상에서 인간의 인식 주체로 옮긴 코페르니쿠스적 전환으로 근대 철학의 토대를 놓았다. 엄격하고 규칙적인 삶 속에서 도덕적 의무와 인간의 존엄성을 중시했다.

◇

모든 지식은 경험에서 시작되지만

모든 지식이 경험에서 나오는 것은 아니다.

_『순수이성비판』

에드윈 마크햄(1852. 4. 23. – 1940. 3. 7.)

미국의 시인이자 교육가로, 인간의 존엄과 노동을 노래한 사회 시로 널리 알려졌다. 도덕적 열정과 서정성을 겸비한 시 세계를 펼쳤다.

◇

그는 나를 밀어내려 원을 그렸지만

사랑과 나는 이길 지혜가 있었으니,

우리는 그를 품는 더 큰 원을 그렸지.

_『행복의 신발』

카를 슈피텔러(1845. 4. 24. – 1924. 12. 29.)
스위스의 시인이다. 신들의 세계를 배경으로 인간의 운명과 아름다움을 노래한 서사시 『올림피아의 봄』으로 1919년 노벨 문
학상을 수상했다.

✧

아침 해의 입맞춤이 하루를 물들이고,

잎사귀 사이로 떨리는 빛이

푸른 숲의 그늘 속으로 흘러내렸다.

_『올림피아의 봄』

월터 드 라 메어(1873. 4. 25. – 1956. 6. 22.)
영국의 시인이자 소설가로, 현실과 환상의 경계를 부드럽게 넘나드는 섬세한 작품 세계로 사랑받았다. 어린 시절의 경이로움과 아름다움을 시와 단편소설에 담아냈다.

◇

아름다움은 사라진다.

아름다움은 스쳐 지나간다.

아무리 귀하고 귀한 것일지라도.

_「어떤 묘비명」

루트비히 비트겐슈타인(1889. 4. 26. – 1951. 4. 29.)
오스트리아의 철학자로 언어와 논리의 한계를 탐구해 현대 철학의 지형을 바꿨다. 철학을 삶의 윤리적 태도로 이해한, 20세기 가장 영향력 있는 사상가로 손꼽힌다.

◇

말할 수 없는 것에 대해서는

침묵해야 한다.

_『논리철학 논고』

4.27.

메리 울스턴크래프트(1759. 4. 27. – 1797. 9. 10.)
영국의 사상가이자 작가로 『여성의 권리 옹호』를 통해 여성도 이성과 교육의 주체임을 주장했다. 『프랑켄슈타인』의 저자 메리 셸리의 어머니이기도 하다.

✧

미덕은 오직 평등한 자들 사이에서만
꽃필 수 있다.

_『인간의 권리 옹호』

4.28.

나혜석(1896. 4. 28. – 1948. 12. 10.)
한국 최초의 여성 서양화가이자 작가, 사상가로 여성의 자아와 사랑, 사회적 억압을 문제 삼았다. 소설과 수필, 회화로 당대 규범에 맞선 한국 페미니즘의 선구자로 손꼽힌다.

◇

경희도 사람이다.

그 다음에는 여자다.

그러면 여자라는 것보다 먼저 사람이다.

_『경희』

4.29.

콘스탄티노스 카바피스(1863. 4. 29. – 1933. 4. 29.)
그리스의 시인으로 알렉산드리아에서 평생을 보내며 인간의 실존과 역사를 노래했다. 역사와 신화를 개인의 윤리로 전환한 절제된 언어가 특징이다.

◇

이타카는 당신에게

이 아름다운 여행을 선사했습니다.

이타카가 없었다면

당신은 길을 나서지도 않았을 것입니다.

_「이타카」*

* 호메로스의 『오디세이아』에서 오디세우스의 고향으로,
  삶의 여정을 시작하게 만든 목표.

프란츠 레하르(1870. 4. 30. – 1948. 10. 24.)
헝가리의 작곡가로 오페레타를 현대적 감성으로 확장했다. <유쾌한 미망인> <미소의 나라> 등을 통해 낭만적이고 서정적인 선율의 정수를 보여주었다.

◇

그대 없는 곳에
나 있을 수 없나니,
마치 꽃이 시들듯
햇살의 입맞춤 받지 못하면!

_『미소의 나라』

5월 — 순수
그대로인 것들의 눈부심

5.1.

피에르 테이야르 드 샤르댕(1881. 5. 1. – 1955. 4. 10.)

프랑스의 예수회 사제이자 고생물학자, 철학자이다. 진화론과 기독교 신학을 통합하려 했으며, 만물 속에 깃든 보편적 사랑의 힘을 노래했다.

✧

미래는

지나온 그 어떤 과거보다 아름답다.

_「서간문」

<h1>5.2.</h1>

제롬 클랍카 제롬(1859. 5. 2. – 1927. 6. 14.)

영국의 소설가이다. 일상의 소동을 날카로운 위트와 따스한 인간미로 그린 『보트 위의 세 남자』로 빅토리아 시대 유머 문학의 대표 작가가 되었다.

◇

인생이라는 배를 가볍게 하라.

꼭 필요한 것만 실어라.

소박한 집과 단순한 즐거움,

친구라고 부를 만한 한두 명의 벗,

사랑하고 사랑받을 누군가만으로.

_『보트 위의 세 남자』

5.3.

니콜로 마키아벨리(1469. 5. 3. – 1527. 6. 21.)

이탈리아 르네상스 시대의 정치 사상가이다. 인간 본성을 냉철하게 파고든 『군주론』과 『로마사 논고』는 오늘까지도 권력과 조직의 본질을 꿰뚫는 필독서로 읽힌다.

◇

과감한 편이 신중하기만 한 것보다 낫다.

_『군주론』

5.4.

호러스 맨(1796. 5. 4. – 1859. 8. 2.)

미국의 교육 개혁가이다. 무상·보편 교육을 주장하며 시민의 도덕과 민주주의를 교육의 핵심 가치로 세웠으며, 교사 양성과 학교 환경 개선에도 힘써 근대 공교육의 토대를 마련했다.

◇

습관은 하나의 밧줄이다.

우리는 날마다 그 실을 한 가닥씩 엮어가고,

결국에는 그것을 끊지 못하게 된다.

_『교육에 관한 강연』

쇠렌 키르케고르(1813. 5. 5. – 1855. 11. 11.)
덴마크의 철학자로 개인의 실존과 선택, 불안을 사유의 중심에 놓았다. 절망 속에서도 신념으로 나아가는 인간의 고귀함을 강조한 실존주의 철학의 선구자이다.

◇

철학이 말하는 바,

삶은 거꾸로 되짚어볼 때만 이해된다.

그러나 그 때문에 우리는 또 다른 명제—

즉, 삶은 앞을 향해

살아내야만 한다는 사실을 잊곤 한다.

_『일기』

5.6.

가스통 르루(1868. 5. 6. – 1927. 4. 15.)

프랑스의 소설가이자 기자이다. 치밀한 사실주의와 환상적 낭만주의를 녹여내어 인간 내면의 고독과 열망을 극적으로 그린
『오페라의 유령』으로 세계적 명성을 얻었다.

◇

나는 사랑을 받을 줄도, 줄 줄도 몰랐지만

그녀는 내게 삶의 빛을 보여주었다.

_『오페라의 유령』

5.7.

라빈드라나트 타고르(1861. 5. 7. – 1941. 8. 7.)

인도의 시인이자 사상가로 시와 소설, 음악을 넘나들며 인간과 자연, 신성의 조화를 노래했다. 『기탄잘리』로 1913년 아시아 최초로 노벨 문학상을 수상했다.

◇

구름이 삶 속으로 흘러 들어온다.

더 이상 비나 폭풍을

몰고 오기 위해서가 아니라

석양 하늘에 색을 더하기 위해서.

_『길 잃은 새들』

5.8.

에드워드 기번(1737. 5. 8. – 1794. 1. 16.)
영국의 역사가이자 문학가이다. 계몽주의 정신과 우아한 문체로『로마 제국 쇠망사』를 써 역사 서술의 고전을 남겼으며, 근
대 역사학 발전에 큰 영향을 미쳤다.

✧

이성은 냉정한 중용을 택하지만,

열정은 우리를 정반대의 극단 사이로

격렬하게 휘몰아간다.

_『로마 제국 쇠망사』

제임스 매튜 배리(1860. 5. 9. – 1937. 6. 19.)

스코틀랜드의 소설가이자 극작가이다. 『피터 팬』에서 어린 시절의 환상과 모험을 생동감 있게 펼쳐 보이면서, 순수함을 잃고 어른이 되어가는 과정의 상실감을 깊이 있게 담아냈다.

◇

아이들은 기이한 모험을 겪고도
그로 인해 괴로워하지 않아요.

_『피터 팬』

베니토 페레즈 갈도스(1843. 5. 10. – 1920. 1. 4.)
스페인의 사실주의 소설가이자 극작가이다. 19세기 마드리드 사회를 정밀하게 묘사한 『포르투나타와 하신타』와 대하 연작 『국민 일화집』으로 스페인 근대문학의 정점에 올랐다.

✧

나는 눈이 필요 없어요.

내 사유로 충분합니다.

그것은 가장 밝은 빛이니까요.

_『마리아넬라』

5.11.

폴 내쉬(1889. 5. 11. – 1946. 7. 11.)
영국의 화가이자 작가로, 풍경에 깃든 감정과 상징을 섬세하게 포착했다. 전쟁화와 자연 풍경을 넘나들며 영국적인 감수성으로 초현실주의를 발전시켰다.

✧

어떤 장소들은 강렬한 감정을 머금고 있으며

저마다 고유한 성질을 지닌다.

_『아웃라인』

플로렌스 나이팅게일(1820. 5. 12. – 1910. 8. 13.)
영국의 간호사이자 통계학자로, 근대 간호학의 기초를 세웠다. 크림 전쟁에서 위생 개혁을 통해 사망률을 크게 낮췄으며 의료 개혁을 이끌었다.

◇

나는 작은 시작일지라도
실질적인 진전을 이끌 기회를
절대 놓치지 않는다.
겨자씨 하나가 싹트고 뿌리내리듯
작은 시도들이 얼마나 자주
큰 변화로 자라나는지 보면
참으로 놀랍기 때문이다.

_『플로렌스 나이팅게일의 생애 2』

알퐁스 도데(1840. 5. 13. – 1897. 12. 16.)
프랑스의 소설가이자 단편 작가이다. 프로방스 지방을 배경으로 따뜻하고 서정적인 작품을 썼으며, 대표작으로 『풍차 방앗간 편지』와 『마지막 수업』이 있다.

◇

우리 주위로 별들은 고요한 행진을 계속했다,

거대한 양 떼처럼 유순하게.

때때로 나는 상상했다,

저 별 중 하나, 가장 가냘프고 빛나는 별이

길을 잃고 내 어깨 위에

잠들기 위해 내려앉았다고.

_「별」

5.14.

홀 케인(1853. 5. 14. – 1931. 8. 31.)

영국의 소설가이자 시인으로, 빅토리아 말기와 에드워드 시대에 대중적인 인기를 누렸다. 인간의 신념과 도덕, 종교와 사회의 갈등을 중심 주제로 삼았다.

◇

유칼립투스 숲을 거닐며

나무들로 둘러싸인 채

들꽃이 카펫처럼 깔린

아름다운 골짜기를 마주쳤다.

_『영원의 도시』

5.15.

라이먼 프랭크 바움(1856. 5. 15. – 1919. 5. 6.)
미국의 아동문학 작가이다. 『오즈의 마법사』에서 풍부한 상상력과 따뜻한 낙관주의로 꿈과 용기를 향해 나아가는 모험의 서사를 그리며, 미국 판타지 문학의 토대를 마련했다.

◇

위험 앞에서 두려움을 느끼지 않는

생명체는 없어요.

진정한 용기란,

두려움을 느끼면서도 위험에 맞서는 것이며

당신에겐 그런 용기가 넘쳐나요.

_『오즈의 마법사』

5.16.

프리드리히 뤼케르트(1788. 5. 16. – 1866. 1. 31.)

독일의 낭만주의 시인이자 언어학자이다. 사랑과 고요, 상실과 내면의 평화를 노래한 서정시로 사랑받았으며, 작곡가 말러가 곡을 붙인 『죽은 아이를 그리는 노래』의 시인으로도 널리 알려져 있다.

✧

그대는 고요,

온화한 평화,

그대는 그리움,

그리고 그 그리움을 달래는 존재.

_「그대는 고요」

5.17.

홍사용(1900. 5. 17. – 1947. 1. 7.)

한국의 시인이자 수필가로, 1920년대 한국 낭만주의 문학을 이끌었다. 암울한 시대적 배경 속에서 눈물과 비탄의 미학을 처절하고도 아름답게 노래했다.

✧

봄은 오더니만, 그리고 또 가더이다

꽃은 피더니만, 그리고 또 지더이다

_「봄은 가더이다」

5.18.

이육사(1904. 5. 18. – 1944. 1. 16.)

한국의 저항 시인이자 독립운동가이다. 대표작 「청포도」에서 자연의 이미지로 자유와 존엄, 끝내 꺼지지 않는 희망을 새겼으며, 「광야」 「절정」 등 강인한 시를 남겼다.

✧

한 개의 별을 노래하자.

다만 한 개의 별일망정

한 개 또 한 개의 십이성좌十二星座

모든 별을 노래하자.

_「한 개의 별을 노래하자」

5.19.

응우옌 칵 히에우(1889. 5. 19. – 1939. 6. 7.)
베트남의 근대 문학을 연 시인이자 수필가이다. 한문학의 전통과 근대적 자아를 잇는 자유로운 시로 사랑과 인생의 허무를
노래했다.

◇

높은 산도 그 자리에 늙어가는데

저 물은 흘러만 가니,

돌아오기엔 아직 아득하구나.

_「산과 물에 맹세하다」

5.20.

오노레 드 발자크(1799. 5. 20. – 1850. 8. 18.)
프랑스 사실주의를 연 소설가로 『인간 희극』 연작에서 사회의 욕망과 인간 군상을 집요하게 그려 근대 소설의 토대를 마련했다. 플로베르, 졸라 등 후대 작가들에게 깊은 영향을 미쳤다.

◇

사랑에는 평온함이 필요하다.

나는 사랑을 거대한 호수로 상상하곤 한다.

그 어떤 추를 던져도 바닥에 닿을 수 없는

그런 호수 말이다.

_『백합의 골짜기』

알렉산더 포프(1688. 5. 21. – 1744. 5. 30.)

영국의 신고전주의 시인으로 『전원시』와 『인간론』에서 균형 잡힌 운율과 재치로 자연과 도덕을 노래하며 18세기 영시英詩의 기준을 세웠다.

◇

그대 걷는 곳마다

서늘한 바람이 숲 그늘을 어루만지고

그대 앉는 곳에는

나무들이 몰려와 그늘을 드리우리.

_『전원시』

5.22.

제라르 드 네르발(1808. 5. 22. – 1855. 1. 26.)

프랑스의 낭만주의 시인이자 산문가이다. 꿈과 신화, 기억의 심연을 시적 언어로 엮은 『실비』에서 내면의 방황과 환상을 섬세하게 그렸다.

✧

꿈은 또 다른 삶이다.

보이지 않는 세계와 우리를 가르며 서 있는

그 망상의 문과 진실의 문을 지날 때면

나는 떨리는 마음을 감출 수 없었다.

_『오렐리아』

마거릿 풀러(1810. 5. 23. – 1850. 7. 19.)
미국 초월주의의 핵심 사상가이자 작가이다. 『19세기 여성』으로 여성의 자아와 평등을 옹호하며, 지성과 삶의 자유가 어우러진 글을 남겼다.

◇

'여성'이라는 이름으로
행동하거나 지배하는 것이 아니라
인간 본성이 꽃피고 지성이 깨어나며
자유로운 영혼으로 살아가야 한다.
태어날 때 부여받은 능력을
온전히 펼치는 것이다.

_『19세기 여성』

5.24.

아서 윙 피네로(1855. 5. 24. – 1934. 11. 23.)

영국의 극작가로 사회극과 희극을 넘나들며 빅토리아·에드워드 시대 연극을 이끌었다. 시간의 흐름과 인간의 운명을 날카로우면서도 우아한 문체로 묘사했다.

◇

미래란

또 다른 문을 통해 돌아가는

과거일 뿐이다.

_『두 번째 탱커레이 부인』

5.25.

랠프 월도 에머슨(1803. 5. 25. – 1882. 4. 27.)

미국의 사상가이자 수필가, 시인이다. 초월주의를 이끌며 자연과 자아의 신성을 강조했고, 개인의 독립적 사유와 도덕적 용기를 설파했다. 소로, 휘트먼 등 후대 사상가와 문인들에게 깊은 영향을 미쳤다.

✧

타인의 생각이 아니라

내가 해야 할 일,

그것만이 나의 관심사다.

_『자기 신뢰』

이사도라 덩컨(1877. 5. 26. – 1927. 9. 14.)

미국의 현대무용 개척자다. 고전 발레의 규범을 벗어나 자연스러운 신체와 감정의 흐름을 중시하며, 춤을 자유로운 예술의 영역으로 끌어올렸다.

◇

우리는 해변에 서서

바다가 과거에 어떠했고

미래에 어떨지를 묻지 않는다.

그 고유한 움직임이

영원하다는 것을 알기 때문이다.

_『춤의 예술』

5.27.

아널드 베넷(1867. 5. 27. – 1931. 3. 27.)
영국의 소설가로 산업화된 지방 도시의 일상과 인간 심리를 세밀하게 그려냈다. 『다섯 도시 이야기』로 영국 사실주의 소설의
한 흐름을 이끌었다.

◇

어떤 일을 하기로 마음먹었다면,

지루하거나 힘들더라도 반드시 끝내라.

그 고된 일을 끝냈을 때 얻는

자기 확신은 실로 크다.

_『하루 24시간을 사는 법』

토머스 무어(1779. 5. 28. – 1852. 2. 25.)

아일랜드의 시인이자 작사가이다. 민요 선율에 애국적 서정시를 접목한 『아일랜드 선율집』에서 민족 정서를 노래해 큰 사랑을 받았다.

◇

얼마나 소중한가,

한낮의 빛이 사그라지고

햇살이 고요한 바다 위로 녹아내리는

그 시간이!

_『아일랜드 선율집』

5.29.

길버트 키스 체스터턴(1874. 5. 29. – 1936. 6. 14.)
영국의 작가이자 평론가로, 역설과 유머를 통해 신앙과 이성, 인간성을 탐구했다. 대표작으로 『목요일이었던 남자』와 브라운
신부 시리즈가 있다.

◇

시인은 오직 자신의 머리를
하늘에 두고자 할 뿐이다.
자신의 머리를 하늘에 담으려는 이는
논리학자다.

_『목요일이었던 남자』

버네사 벨(1879. 5. 30. – 1961. 4. 7.)

영국의 화가로 20세기 초 런던을 중심으로 활동한 블룸즈버리 그룹의 핵심 멤버였다. 색과 형태의 실험으로 모더니즘 회화를 확장했으며, 일상과 인물의 내면을 대담하게 그렸다.

◇

찬성하든 반대하든 중요하지 않다.

생각하게 만든 것만으로도 충분하다.

_『버네사 벨 편지 선집』

월트 휘트먼(1819. 5. 31. – 1892. 3. 26.)

미국의 시인으로 파격적인 형식과 대담한 표현으로 현대 시의 길을 열었다. 대표작 『풀잎』에서 민주주의와 개인의 자유, 육체와 영혼의 찬미를 노래했다.

◇

나 자신을 찬양하고 노래하네.

그리고 내 생각은 곧 그대 생각일지니,

내게 속한 모든 원자가

고스란히 그대에게도 속해 있음이라.

_『풀잎』

6월 — 고요
말하지 않아도 가득 차는 시간

존 드링크워터(1882. 6. 1. – 1937. 3. 25.)

영국의 시인이자 극작가로, 자연과 역사 속 인간의 내면을 서정적으로 그렸다. 희곡 『에이브러햄 링컨』으로 명성을 얻었으며 조용한 운율의 시로 사랑받았다.

◇

그림자는 바닥에 포도주 자국처럼 번지고

달은 소리 없이 황금빛으로 다가와

은빛과 잠의 세계 위에 내려앉는다.

_ 「달빛 사과」

토머스 하디(1840. 6. 2. – 1928. 1. 11.)
영국의 소설가이자 시인으로, 인간의 운명과 사회의 제약을 비극적 시선으로 그렸다. 『더버빌가의 테스』와 『무명의 주드』로 널리 알려졌다.

◇

별들은 가끔

우리 집 그루터기 사과나무의 열매들 같아.

대개는 아름답고 온전하지만,

더러는 병들어 있지.

_『더버빌가의 테스』

라울 뒤피(1877. 6. 3. – 1953. 3. 23.)
프랑스의 화가로 강렬한 색채와 단순화된 선으로 도시와 바다를 생동감 있게 담아냈다. 활기찬 일상을 소재로 삼아 장식미와 음악적 율동감이 넘치는 독자적 화풍을 완성했다.

◇

내가 그림으로 전하고 싶은 것은
내 눈과 마음이 바라본 세상의 모습이다.

_『뒤피』

아폴론 마이코프(1821. 6. 4. – 1897. 3. 20.)
러시아의 시인으로 고전 문학과 자연에서 영감을 받은 서정시로 명성을 얻었다. 도스토옙스키의 절친한 벗이기도 했으며,
아름다운 언어로 러시아의 풍경과 역사적 정신을 노래했다.

◇

푸르고 순결한 눈꽃 송이여!

그 곁으로 마지막 남은 눈 조각이 비쳐 보이네.

_「눈꽃 송이」

페데리코 가르시아 로르카(1898. 6. 5. – 1936. 8. 19.)
스페인의 시인이자 극작가로, 민요적 리듬과 상징을 통해 사랑과 죽음, 억압을 노래했다. 『피의 혼례』『집시 발라드』 등으로 강렬한 서정의 세계를 펼쳤다.

◇

오늘 내 마음속에는
별들의 희미한 떨림이 있고
장미들은 내 슬픔만큼이나 하얗습니다.

_「바람개비」

6.6.

알렉산드르 푸시킨(1799. 6. 6. – 1837. 2. 10.)
러시아 문학의 기초를 세운 시인이자 작가로, 민중어를 문학적으로 다듬어 러시아 문학어의 토대를 마련했다. 『예브게니 오네긴』은 그 정수를 보여주는 대표작으로 꼽힌다.

◇

삶이 그대를 속일지라도

슬퍼하거나 노여워 마라.

우울한 날에는 견디어라.

믿으라, 기쁨의 날이 오리니.

_ 「삶이 그대를 속일지라도」

폴 고갱(1848. 6. 7. – 1903. 5. 8.)

프랑스의 후기 인상주의 화가이다. 문명을 떠나 타히티와 마르키즈 제도로 향해 원시적 삶과 자연 속에서 강렬한 색채와 단순한 형태로 독자적 화풍을 완성했다.

◇

타히티의 밤, 침묵.

오직 나의 심장 소리만이 들렸다.

_『노아 노아』

프랭크 로이드 라이트(1867. 6. 8. – 1959. 4. 9.)

미국의 건축가로 건물이 자연환경과 하나로 어우러져야 한다는 유기적 건축을 주창했다. 자연과 공간의 조화를 중시한 프레리 하우스로 현대 건축의 방향을 바꿨다.

◇

현재는 어제와 내일을 가르는

쉼 없이 움직이는 그림자다.

그 안에 희망이 있다.

_『살아있는 도시』

6.9.

베르타 폰 주트너(1843. 6. 9. – 1914. 6. 21.)

오스트리아의 작가이자 평화운동가로, 전쟁의 참상을 고발했다. 『무기를 내려놓아라』로 반전 사상을 확산하며 1905년 여성 최초로 노벨 평화상을 수상했다.

◇

무기를 내려놓아라!

이 외침이 전 세계에 울려 퍼져야 한다.

_『무기를 내려놓아라』

귀스타브 쿠르베(1819. 6. 10. – 1877. 12. 31.)
프랑스의 화가로 이상화된 표현을 거부하고 현실의 삶과 노동을 정면으로 그렸다. <돌 깨는 사람들>로 사실주의 미술의 출발을 선언했다.

◇

아름다움은

현실의 가장 다양한 모습 속에서

마주치게 된다.

_「파리의 젊은 예술가들에게 보내는 편지」

6.11.

리하르트 게오르크 슈트라우스(1864. 6. 11. – 1949. 9. 8.)
독일의 작곡가이자 지휘자로, 후기 낭만주의를 대표한다. 교향시 〈차라투스트라는 이렇게 말했다〉와 오페라 〈살로메〉〈장미의 기사〉 등으로 관현악의 화려한 색채와 극적 표현을 완성했다.

✧

왼손은 조끼 주머니에 넣어 두어라.

지휘는 오른손으로 하는 것이다.

_『지휘자를 위한 십계명』

요하나 루이제 슈피리(1827. 6. 12. – 1901. 7. 7.)
스위스의 작가로 자연과 가족의 따뜻함을 담은 아동 문학을 썼다. 대표작 『하이디』에서 알프스의 자연 속에서 성장하는 소녀의 이야기를 통해 순수함과 치유의 힘을 그려냈다.

✧

우리가 사랑했던 모든 것이

언젠가 다시 돌아오리라는 믿음,

그 생각만으로도 마음이 참 편안해져요.

_『하이디』

윌리엄 버틀러 예이츠(1865. 6. 13. – 1939. 1. 28.)
아일랜드의 시인이자 극작가로, 신화와 상징을 통해 민족 정체성과 영혼의 변화를 노래했다. 「이니스프리의 호수 섬」 등의 작품으로 널리 알려졌으며, 1923년 노벨 문학상을 수상했다.

✧

거기서 얼마간 평화를 누리리,

평화는 이슬처럼 천천히 내리는 것이기에.

_「이니스프리의 호수 섬」

해리엇 비처 스토우(1811. 6. 14. – 1896. 7. 1.)

미국의 소설가이다. 노예제의 비인간성을 고발한 『톰 아저씨의 오두막』은 출판 직후 미국 사회에 큰 반향을 일으키며 남북전쟁의 도화선이 되었다고 전해진다.

◇

가장 긴 날도 언젠가는 끝이 나고,

가장 어두운 밤도 마침내 아침을 맞이한다.

_『톰 아저씨의 오두막』

6.15.

콘스탄틴 발몬트(1867. 6. 15. – 1942. 12. 23.)

러시아의 상징주의 시인으로, 음악적 운율과 감각적 이미지를 통해 자연과 영혼의 떨림을 노래했다. 섬세한 언어로 내면의 정서를 표현했다.

◇

나는 자유로운 바람이며

영원히 불어 가리라.

_「바람」

6.16.

조반니 보카치오(1313. 6. 16. – 1375. 12. 21.)

이탈리아의 작가이자 인문주의자로, 인간의 욕망과 재치를 생동감 있게 그렸다. 『데카메론』으로 르네상스 산문 문학의 기초를 마련했다.

◇

고통받는 이들을 향한 연민은

모든 사람, 특히 한때 위로가 필요했던 이들이

마땅히 지녀야 할 인간의 덕목이다.

_『데카메론』

6.17.

헨리 로슨(1867. 6. 17. – 1922. 9. 2.)
호주의 소설가이자 시인으로, 개척 시대 노동자의 빈곤한 삶을 사실적으로 그렸다. 간결하고 절제된 문체 속에서 연대와 인간의 존엄을 포착했다.

◇

우리가 사는 이 세상은

그 어떤 사람이라도

품어줄 수 있을 만큼 넉넉합니다.

_「103호」

이반 곤차로프(1812. 6. 18. – 1891. 9. 27.)

러시아의 소설가이다. 대표작 『오블로모프』에서 의지를 잃고 삶에 안주하는 인간의 나태함과 변화를 거부하는 사회의 모습을 날카롭게 파헤쳤다.

◇

태양은 머리 위에 멈춰 서서 풀을 태우고

공기는 흐름을 잊은 채 미동 없이 고여 있다.

나무 한 그루, 물결 한 점 일렁이지 않으며,

마을과 들판 위로

고요함만이 내려앉아 있다.

_ 『오블로모프』

블레즈 파스칼(1623. 6. 19. – 1662. 8. 19.)
프랑스의 철학자이자 수학자로, 인간의 이성과 신앙의 한계를 사유했다. 『팡세』에서 인간 조건의 불안과 믿음의 문제를 깊이 탐구하며, 이성만으로는 채울 수 없는 내면의 공허를 직시했다.

◇

마음에는 이성이 알지 못하는
나름의 이유가 있다.

_『팡세』

정지용(1902. 6. 20. – 1950. 9. 25.)
한국 근대 문단을 대표하는 시인으로, 감각적 이미지와 세련된 언어로 자연과 내면을 노래했다. 「향수」 「유리창」 등의 작품을 통해 한국 시의 표현 영역을 확장했다.

◇

얼굴 하나야

손바닥 둘로

폭 가리지만,

보고 싶은 마음

호수湖水만 하니

눈 감을 밖에.

_ 「호수」

박용철(1904. 6. 21. – 1938. 5. 12.)
한국의 시인이자 평론가로, 서정과 지성을 아우르는 문학론을 전개했다. 정지용, 김영랑 등과 함께 시 동인지 『시문학』을 창간해 순수 서정시의 방향을 제시하고 한국 현대시의 토대를 닦았다.

✧

별 많은 하늘 무심히 바래다가
시름없이 눈감으면.
더 빛난 세상의 문 마음눈에 열리리니,
기쁜 가슴 물결같이 움즐기고,
뉘우침과 용서의 아름답고 좋은 생각
헤엄치는 물고기떼처럼 뛰어들리.

_「새로워진 행복」

6.22.

헨리 라이더 해거드(1856. 6. 22. – 1925. 5. 14.)

영국의 소설가로, 아프리카를 배경으로 한 탐험 서사로 대중적 인기를 얻었다. 대표작 『솔로몬 왕의 보물』과 『그녀』는 모험 소설의 고전으로 꼽힌다.

◇

별들은 빛나고 세상은 돌아가며

인간은 스러져 가나,

인간의 영혼은 저 별과도 같으니

자리를 옮길 뿐 결코 죽지 않는다.

_『그녀』

6.23.

앨런 튜링(1912. 6. 23. – 1954. 6. 7.)

영국의 수학자이자 컴퓨터 과학의 선구자로, 계산 이론과 인공지능의 기초를 세웠다. 제2차 세계대전 중 나치 독일의 암호 체계 에니그마를 해독해 전쟁의 흐름을 바꾸는 데 결정적으로 기여했다.

✧

어른의 정신을 모방하는 프로그램을

만들려고 애쓰기보다,

아이의 마음을 닮아가는 프로그램을

만들어 보는 것은 어떨까요?

_「계산 기계와 지능」

6.24.

포레스트 리드(1875. 6. 24. – 1947. 1. 4.)

북아일랜드의 소설가이자 비평가이다. 대표작 『아폴로의 소년들』에서 성장과 기억, 우정을 섬세한 문체로 그리며, 내면의 세계를 조용히 펼쳤다.

✧

가지 사이로 스며든 햇빛이

이끼 낀 풀 위의 빗방울을

작은 불의 구슬로 바꾸었다.

_『정원의 신』

조지 오웰(1903. 6. 25. – 1950. 1. 21.)
영국의 소설가이자 에세이스트로, 권력과 언어, 전체주의의 위험을 날카롭게 비판했다. 『1984』와 『동물농장』 등을 통해 자유와 진실의 가치를 물었다.

◇

아마도 사랑받는 일보다

누군가 나를 알아주는 것이

더 간절했는지도 모른다.

_『1984』

버나드 베런슨(1865. 6. 26. – 1959. 10. 6.)

미국의 미술사가이자 비평가로, 르네상스 회화를 체계적으로 연구했다. 뛰어난 감식안과 형식 분석으로 작품의 진위를 가려내며 미술사 연구의 기준을 세웠다.

◇

사물을 새로운 눈으로 바라볼 수 있다는 것,

그것이야말로 가장 위대한 재능이다.

_『열정적인 유랑객』

변영로(1898. 6. 27. – 1961. 3. 14.)

6.27.

한국의 시인이자 평론가로, 강인한 언어와 굳건한 기개로 민족 의식과 저항 정신을 노래했다. 시집 『조선의 마음』에서 격정적인 서정과 현실을 향한 날선 시선을 드러냈다.

◇

벗이여 당신 이마에는

어제밤의 우수憂愁가

쓰여 있습니다.

게슴츠레한 두 눈초리에는 그저도 눈물이

겨웁니다.

_「날이 새입니다」

6.28.

장자크 루소(1712. 6. 28. – 1778. 7. 2.)

스위스 제네바에서 태어난 철학자이자 작가로, 이성보다 감성을, 문명보다 자연의 순수함을 예찬했다. 『사회계약론』과 『에밀』을 통해 근대 정치·교육 사상에 큰 영향을 미쳤다.

◇

살아있다는 것은

숨 쉬는 것이 아니라 행동하는 것이다.

_『에밀』

앙투안 드 생텍쥐페리(1900. 6. 29. – 1944. 7. 31.)
프랑스의 소설가이자 에세이스트, 비행사이다. 『야간 비행』과 『인간의 대지』 등을 집필해 문학적 명성을 얻었으며, 사후에 세계적인 베스트셀러가 된 『어린 왕자』는 인간 존재와 유대감에 대한 깊은 사유를 담고 있다.

◇

사랑은 서로 마주 보는 것이 아니라
같은 방향을 함께 바라보는 것이다.

_『인간의 대지』

6.30.

스탠리 스펜서(1891. 6. 30. – 1959. 12. 14.)

영국의 화가로 평범한 일상과 종교적 주제를 아우르는 독자적인 화풍을 펼쳤다. 고향 쿡엄의 풍경을 배경으로 성경 속 장면을 재현한 작품들을 남겼다.

◇

나에게 영적인 세계와 일상의 삶은

결코 분리될 수 없는 하나입니다.

_『스탠리 스펜서 자서전』

7월 — 열정

멈출 수 없어서 좋은 것들

7.1.

조르주 상드(1804. 7. 1. – 1876. 6. 8.)

프랑스의 소설가로 여성의 자유와 사랑, 자연과 인간의 내면을 섬세하게 그렸다. 남성 필명으로 활동하며 당대의 성별 규범과 문학적 관습에 도전했다.

◇

이성은 길을 더듬고,

마음은 끝내 답을 찾는다.

_『모프라』

7.2.

헤르만 헤세(1877. 7. 2. – 1962. 8. 9.)
독일의 작가로 인간 내면과 성장의 여정을 서정적 문체로 그렸다. 대표작 『데미안』과 『싯다르타』는 자아 탐구 문학의 정점으로 꼽히며, 1946년 노벨 문학상을 수상했다.

◇

자기 자신이 되는 것,

완전하고 온전하게.

그것을 이룬 사람은 아무도 없다.

그러나 누구나 그 길을 향해 나아간다.

어떤 이는 서툴게, 어떤 이는 좀 더 지혜롭게.

각자 최선을 다해.

_『데미안』

7.3.

프란츠 카프카(1883. 7. 3. – 1924. 6. 3.)

체코 프라하에서 태어난 유대계 작가로, 현대인의 실존적 불안과 소외를 날카롭게 파헤쳤다. 대표작 『변신』『심판』『성』 등을 통해 관료주의의 불합리함과 출구 없는 고독 속에 놓인 인간의 운명을 독창적으로 그려냈다.

◆

당신도, 그 누구도 이해할 수 없어요.

내 안에서 일어나고 있는 일을

나 자신에게조차 설명할 수 없으니.

_『변신』

너새니얼 호손(1804. 7. 4. – 1864. 5. 19.)

미국의 소설가로 죄와 양심, 도덕적 갈등을 상징과 은유로 그렸다. 『주홍 글자』를 통해 인간 내면의 어두움을 깊이 탐구했으며, 청교도 사회의 억압과 위선을 날카롭게 고발했다.

◇

행복은 우연히 찾아온다.

행복을 목표로 삼는다면

헛되이 쫓기만 할 뿐,

결코 도달할 수 없다.

_『미국 일기』

7.5.

조지 보로우(1803. 7. 5. – 1881. 7. 26.)

영국의 작가이자 언어학자로, 방랑과 여행 속에서 만난 사람들과 언어, 삶의 풍경을 생생하게 기록했다. 자유로운 정신과 이방인의 시선을 문학으로 남겼다.

◇

낮과 밤, 둘 다 달콤하다.

해와 달, 별도 모두 달콤하다.

그리고 들판에는 바람이 분다.

_『라벤그로』

프리다 칼로(1907. 7. 6. – 1954. 7. 13.)
멕시코의 화가이다. 어린 시절의 질병과 교통사고로 겪은 극심한 육체적 고통을 예술로 승화했다. 슬픔과 사랑, 정체성을 강렬한 자화상에 담았다.

◇

절대적인 것은 없다.

모든 것은 변하고 움직이고

돌고 날아가 멀어진다.

_『프리다 칼로의 일기』

루트비히 강호퍼(1855. 7. 7. – 1920. 7. 24.)

독일의 소설가이다. 알프스 산악 지역을 배경으로 자연과 인간의 삶을 따뜻하게 담아냈으며, 소박한 일상, 자연 속 도덕과 공동체의 가치를 서정적인 문체로 그려냈다.

◇

커다란 별들로 빛나는 밤은 아름답다.

잠든 하늘의 짙푸른 수수께끼와

밤의 장막에 가려진 산들의

회색빛 기적은 아름답다.

_『숲속의 침묵』

장 드 라퐁텐(1621. 7. 8. – 1695. 4. 13.)
프랑스의 시인이자 우화 작가이다. 동물 이야기를 통해 인간의 욕망과 허위를 풍자한 『우화집』에서 간결한 언어 속에 깊은 삶의 지혜를 담아냈다.

✧

시간의 날개를 타고 슬픔은 날아간다.

_『우화집』

7.9.

앤 래드클리프(1764. 7. 9. – 1823. 2. 7.)

영국의 소설가로 불안과 공포를 심리적 긴장과 풍경 묘사로 그렸다. 『우돌포의 신비』를 통해 고딕 소설의 전통을 확립했으며, 여성 작가로서 문학사에 뚜렷한 발자취를 남겼다.

◇

그는 하루의 마지막 빛이 스러져 가고

별들이 하나씩 창공에서 떨리며

어두운 수면에 비치는

그 고요한 시간을 사랑했다.

_『우돌포의 비밀』

7.10.

마르셀 프루스트(1871. 7. 10. – 1922. 11. 18.)
프랑스의 소설가이다. 기억과 시간의 흐름을 섬세한 문장으로 탐구한 『잃어버린 시간을 찾아서』를 통해 내면 서사의 새로운
지평을 열었다.

◇

어떤 이미지를 떠올리는 기억은

어떤 순간에 대한 그리움일 뿐이다.

_『잃어버린 시간을 찾아서』

레옹 블로아(1846. 7. 11. – 1917. 11. 3.)
프랑스의 소설가이자 수필가로, 격렬한 문체와 급진적인 사유로 널리 알려졌다. 고통과 가난, 신앙을 인간 존재의 핵심 문제로 다루었다.

◇

쉼 없이 읽고 날마다 조금씩 더 알아가는,

당신은 그런 아름다운 책입니다.

_『약혼녀에게 보낸 편지』

7.12.

헨리 데이비드 소로(1817. 7. 12. – 1862. 5. 6.)

미국의 사상가이자 작가이다. 자연 속 삶과 자립의 가치를 몸소 실천한 『월든』과 자유로운 양심을 역설한 『시민 불복종』을 통해 훗날 마하트마 간디와 마틴 루서 킹에게 깊은 영감을 주었다.

◇

우리 삶은 사소한 것들로 조금씩 깎여나간다.

단순하게, 더 단순하게 살아라.

_『월든』

존 클레어(1793. 7. 13. – 1864. 5. 20.)

영국의 시인으로 농촌 풍경과 자연의 세밀한 변화를 소박한 언어로 노래했다. 민중의 시선으로 자연과 삶을 기록해 '농부 시인'으로 불린다.

◇

자연의 목소리는 결코 크지 않아요.

저는 고요한 기쁨을 갈망합니다.

_「은둔을 그리며」

7.14.

구스타프 클림트(1862. 7. 14. – 1918. 2. 6.)

오스트리아의 화가로 전통을 벗어나 장식성과 상징성을 강조한 새로운 회화를 선도했다. 황금빛 화면과 관능적인 인체 표현으로 사랑과 욕망, 삶과 죽음을 탐구했다.

◇

오직 예술가로서 나에 대해 알고 싶다면

내 그림들을 주의 깊게 바라보아야 한다.

거기서 내가 어떤 사람이며

무엇을 원하는지 찾아내야 한다.

_「존재하지 않는 자화상에 대한 해설」

발터 벤야민(1892. 7. 15. – 1940. 9. 26.)
독일의 철학자이자 비평가로, 도시의 풍경과 예술, 기억의 방식을 사유했다. 산문과 단상 속에서 근대를 살아간 사람들의 경험을 섬세하게 포착했다.

◇

사유란 생각의 흐름뿐만 아니라,

그 흐름을 멈춰 세우는 과정까지도 포함한다.

_『역사 철학에 관한 논문』

김내성(1909. 7. 16. – 1957. 2. 19.)

한국의 소설가로, 치밀한 구성과 생생한 인물 묘사로 한국 추리소설의 기틀을 다졌다.『마인』과『백가면』등을 통해 긴장감 있는 전개와 인간 심리에 대한 깊은 통찰을 보여주었다.

◇

행복은 어디 있나요

행복은 행복을 그리워하는 순간에 있다

행복은 어디 있나요

행복은 행복은 그리워하는 마음에 있다

오오, 행복을 그리워하는 순간이여, 마음이여

_『청춘극장』

아이작 와츠(1674. 7. 17. – 1748. 11. 25.)
영국의 신학자이자 시인으로, 경건한 사유를 일상의 언어로 옮겼다. 교리보다 내면의 감정과 성찰을 중시한 찬송과 시로 영국 종교시의 흐름을 바꾸었다.

◇

책은 말 없는 스승과 같다.

배움의 길을 보여준다.

_『지성 개선론』

로렌스 하우스먼(1865. 7. 18. – 1959. 2. 20.)

영국의 작가이자 일러스트레이터다. 동화와 시, 수필을 넘나들며 섬세한 상상력과 장식적인 그림으로 영문학에 고유한 아름다움을 남겼다.

◇

슬픔이 될까 두려워하던 그 행복이,

마침내 찾아왔다.

_『기쁨의 집』

7.19.

에드가 드가(1834. 7. 19. – 1917. 9. 27.)

프랑스의 화가이자 조각가로, 무용수와 경마장, 일상의 여성을 실험적 구도와 섬세한 시선으로 포착했다. 빛의 효과보다는 인물의 동작과 순간의 긴장감에 집중해 인상주의 안에서도 독자적 미학을 구축했다.

◇

나는 노력 끝에 고독을 얻었다.

_『가디언』

프란츠 파농(1925. 7. 20. – 1961. 12. 6.)
마르티니크에서 태어난 프랑스 정신과 의사이자 혁명 사상가이다. 식민주의가 피지배자의 정신에 미치는 폭력을 분석하며 탈식민주의 이론의 토대를 마련했다.

◇

나는 현재와 미래를 희생하여

과거를 노래하고 싶지 않다.

손에 닿지 않는 수평선에

스스로 가두고 싶지도 않다.

내 삶은 앞으로 나아가는

자유로운 움직임이어야 한다.

_『검은 피부, 하얀 가면』

어니스트 헤밍웨이(1899. 7. 21. – 1961. 7. 2.)

미국의 소설가이자 저널리스트이다. 간결하고 절제된 문체로 인간의 용기, 고독, 상실을 그린 『노인과 바다』『누구를 위하여
종은 울리나』가 대표작이다. 1954년 노벨 문학상을 수상했다.

◇

오늘은 앞으로 다가올 무수한 날 중,

단 하루일 뿐이다.

하지만 그날들의 운명은

오늘 당신이 무엇을 하느냐에 달려 있다.

_『누구를 위하여 종은 울리나』

엠마 라자러스(1849. 7. 22. – 1887. 11. 19.)
미국의 시인이자 번역가로, 이민자와 난민의 목소리를 시로 남겼다. 자유의 여신상 받침대에 새겨진 소네트 「새로운 거상」을
썼다.

◇

내게 오라. — 지치고 가난한 이들이여,

자유의 숨결을 갈망하는 군중들이여,

북적이는 해안에서 밀려난 불쌍한 이들이여.

내게 보내라. — 집 없이 폭풍 속을 떠도는 이들을.

나는 황금빛 문 앞에서

등불을 높이 들어 올리노라.

_ 「새로운 거상」

레이먼드 챈들러(1888. 7. 23. – 1959. 3. 26.)

미국의 추리소설 작가로 하드보일드 탐정소설의 거장이다. 시적이면서도 냉소적인 문체의 '사립 탐정 필립 말로' 시리즈로 명성을 얻었다.

✦

가장 치명적인 덫은,

스스로 놓은 덫이다.

_『롱 굿바이』

7.24.

헨리크 폰토피단(1857. 7. 24. – 1943. 8. 21.)
덴마크의 소설가로 1917년 노벨 문학상을 수상했다. 덴마크 사회의 종교적, 정치적 갈등을 사실주의적으로 그렸으며, 대표작으로 『약속의 땅』과 『행운아 페르』가 있다.

◇

그는 생각이 마음껏 날아오르고

영혼이 한껏 커질 수 있는

그 넓고 자유로운 바다로 나아가고 싶었다.

_『행운아 페르』

데이비드 벨라스코(1853. 7. 25. – 1931. 5. 14.)

미국의 극작가이자 연출가로, 연극 무대의 사실주의를 이끌었다. 존 루터 롱의 단편 「나비 부인」을 최초로 무대화해, 푸치니 오페라 탄생의 계기를 마련했다.

◇

무대 위에서

'너무 작아서 중요하지 않은 것'이란

존재하지 않는다.

_『무대 너머의 연극』

조지 버나드 쇼(1856. 7. 26. – 1950. 11. 2.)
아일랜드의 극작가이자 비평가이다. 재치와 풍자를 통해 사회의 위선과 권위를 비판한 『피그말리온』으로 널리 알려졌으며,
1925년 노벨 문학상을 수상했다.

◇

무언가를 배웠군요.

배움이란 처음에는 언제나

무언가를 잃은 것처럼 느껴지기 마련입니다.

_『바버라 대위』

조수에 카르두치(1835. 7. 27. – 1907. 2. 16.)

이탈리아의 시인으로 고전주의의 부흥을 이끌었다. 고대 라틴 전통에 민족주의적 열정을 접목한 시로 명성을 얻었으며, 1906년 이탈리아 최초의 노벨 문학상 수상자가 되었다.

◇

고요히 바다는 빛났네.

넓고 청명한 하늘 아래

멀리 파도는 한숨지었네.

막연함으로 가득한 그리움처럼.

_『여름날의 꿈』

7.28.

베아트릭스 포터(1866. 7. 28. – 1943. 12. 22.)
영국 아동문학 작가이자 일러스트레이터이다. 『피터 래빗 이야기』로 세계적 명성을 얻었으며, 섬세한 그림과 이야기로 어린이 문학의 고전들을 남겼다.

◇

피터는 완전히 길을 잃었다고 생각하며
굵은 눈물을 흘렸다.
그의 흐느낌을 들은
다정한 참새 몇 마리가 다급히 날아와
제발 힘을 내라고 간청했다.

_『피터 래빗 이야기』

7.29.

부스 타킹턴(1869. 7. 29. – 1946. 5. 19.)

미국의 소설가로 풀리처상을 두 차례 수상했다. 중서부 소도시 인물들의 삶과 성장을 섬세하게 그렸으며, 『위대한 앰버슨가』와 『앨리스 애덤스』가 대표작이다.

✧

가식 없는 모든 것에는 충분한 품격이 있다.

_『위대한 앰버슨가』

에밀리 브론테(1818. 7. 30. – 1848. 12. 19.)
영국의 소설가이자 시인이다. 단 하나 남긴 소설 『폭풍의 언덕』은 문명화된 도덕을 넘어선 강렬하고 파괴적인 사랑의 본질을
그린 빅토리아 시대 문학의 결작이다.

◇

사랑은 들장미 덤불 같고

우정은 호랑가시나무 같다.

들장미가 만개할 때면

호랑가시는 어둡고 조용하다.

하지만 어느 쪽이 변함없이 피어날까.

_「사랑과 우정」

7.31.

페터 로제거(1843. 7. 31. – 1918. 6. 26.)
오스트리아의 작가이자 시인으로, 알프스 농촌의 삶과 자연을 따뜻한 시선으로 그렸다. 신앙과 인간성을 중심에 둔 작품들로 유럽 문학계에서 높이 평가받았다.

✧

삶은 그저 견뎌내는 것이 아니라,

스스로 빚어가는 것이다.

_『숲속 학교 선생님의 기록』

8월 — 자유

정한 곳으로 향하는 발걸음

8.1.

허먼 멜빌(1819. 8. 1. – 1891. 9. 28.)

미국의 소설가이자 시인이다. 포경선 경험을 바탕으로 쓴 『모비 딕』은 거대한 자연과 인간의 대결, 광기 어린 집착과 파멸을 심오한 철학적 상징 속에 담아내어, 해양 문학의 고전으로 꼽힌다.

◇

우리가 삶이라 부르는

이 기묘하게 뒤엉킨 일들 속에는

설명하기 어려운 순간들이 있다.

_『모비 딕』

어니스트 다우슨(1867. 8. 2. – 1900. 2. 23.)
영국의 시인이자 소설가이다. 진보를 믿지 않고 쇠퇴와 덧없음을 응시한 퇴폐파의 일원으로, 사랑과 젊음의 소멸을 음악적
인 언어로 노래했다.

✧

포도주와 장미의 나날은 길지 않으니

아득한 꿈속에서

우리의 길은 잠시 나타났다가

다시 사라지네.

_『시집』

루퍼트 브루크(1887. 8. 3. – 1915. 4. 23.)

영국의 시인이다. 자연과 일상의 감정을 소박한 언어로 노래한 조지아파의 대표 작가로, 젊음과 이상을 맑게 그리다 제1차 세계대전 전장에서 생을 마쳤다.

✧

나는 이런 것을 사랑했네.

빛나는 하얀 접시와 컵들,

정겨운 빵의 거친 표면,

그리고 빛깔 고운 밀밭을.

_「위대한 연인」

8.4.

크누트 함순(1859. 8. 4. – 1952. 2. 19.)

노르웨이의 소설가로 인간 내면의 고독과 욕망을 섬세하게 파고들었다. 『굶주림』과 『대지의 성장』으로 근대 심리소설의 지평을 열었으며, 1920년 노벨 문학상을 수상했다.

◇

인생은 잠시 빌려온 것이다.

나는 그 시간에 감사한다.

_『행복을 돌아보다』

8.5.

기 드 모파상(1850. 8. 5. – 1893. 7. 6.)

프랑스의 소설가이다. 간결한 문체와 냉철한 관찰로 인간의 욕망과 아이러니를 그렸다. 단편 「목걸이」와 장편 『벨아미』로 사실주의 문학의 정점을 보여주었다.

✧

인생은 산과 같다.

오르는 것은 느리지만, 내려가는 것은 빠르다.

_『벨 아미』

찰스 포트(1874. 8. 6. – 1932. 5. 3.)

미국의 작가이다. 과학의 경계를 의심하며 미확인 현상과 기이한 기록을 집요하게 수집하고 기술해, 현대 비주류 과학 담론에 큰 영향을 끼쳤다.

✧

원을 잴 때, 시작점은 어디든 상관없다.

_『버림받은 것들의 책』

앙리 르 시다네르(1862. 8. 7. – 1939. 7. 16.)
프랑스의 화가이다. 신인상주의 이후, 고요한 실내와 정적을 서정적인 색채로 담아내는 인티미즘(친밀주의)의 대표 작가로,
정원과 황혼의 빛, 고요한 시간을 즐겨 그렸다.

◇

어쩌면 더 예리한 감수성으로

우리 자신을 표현하는 법을 찾는 것,

그것이 지금 우리가 존재하는

가장 큰 이유일지도 모릅니다.

_「앙리 뒤엠에게 보낸 편지」

사라 티즈데일(1884. 8. 8. – 1933. 1. 29.)
미국의 서정시인이다. 사랑과 고독, 자연의 감정을 맑고 절제된 언어로 노래했으며, 1918년 『연가』로 풀리처상 시 부문 수상자로 선정되었다.

✧

아름다움을 위해

네가 가진 모든 것을 쏟아부어라.

그것을 사되 대가를 헤아리지 말아라.

_『연가戀歌』

현진건(1900. 8. 9. – 1943. 4. 25.)
한국 근대 문학의 대표 작가로, 식민지 현실 속 인간의 고통과 존엄을 사실적으로 그렸다. 대표작으로 「운수 좋은 날」 「빈처」 「B사감과 러브레터」가 있다.

8.9.

◇

그 빛 물결은 마치 흰 바단 오래기 모양으로

탑몸에 휘감기어 빛과 어둠이 서로 아르롱거리며,

아름다운 탑 모양은 더욱 아름답게 떠오른다.

_『무영탑』

알프레트 되블린(1878. 8. 10. – 1957. 6. 26.)
표현주의 문학을 대표하는 독일의 소설가이자 의사이다. 대도시의 리듬과 군중의 삶을 뉴스 기사, 광고, 민요 등을 뒤섞은 몽타주 기법으로 그린 『베를린 알렉산더 광장』이 대표작이다.

◇

삶은 교량의 아치처럼

머리 위에 둥그렇게 솟아 있고

그 아래로 흐르는 물은 배를 싣고

계속 앞으로 나아간다.

_『로벤슈타인 사람들의 보헤미아 여행』

8.11.

캐리 제이콥스본드(1862. 8. 11. – 1946. 12. 28.)
미국의 작곡가이자 시인이다. 따뜻한 사랑 노래로 큰 인기를 얻었으며, 여성 최초로 단일 곡 악보 판매 100만 부를 기록하며
상업적 성공을 거두었다.

◇

고단한 마음에게

완벽한 하루의 끝이란

어떤 의미일까요?

_「완벽한 하루」

8.12.

로버트 사우디(1774. 8. 12. – 1843. 3. 21.)

영국의 낭만주의 시인이자 산문가이다. 윌리엄 워즈워스, 새뮤얼 테일러 콜리지와 함께 '호수파 시인'으로 불렸으며, 서사시와 평전, 역사 저술 등 다양한 장르에서 활발히 활동했다.

✧

늘 푸른 나무들 사이에서

너는 가장 사랑스러운 나무.

윤기 나는 네 잎사귀 속

우리 마음이 보이네.

이 짧은 삶의 온갖 시름에서

자유로워진 모습으로.

_「호랑가시나무」

니콜라우스 레나우(1802. 8. 13. – 1850. 8. 22.)
오스트리아의 시인으로 낭만주의의 내면적 우울과 자연의 고독을 깊이 노래했다. 방랑과 절망, 자유를 향한 갈망을 서정적
언어로 형상화했다.

◇

흐릿한 창 너머 별들이 빛나고

지상의 하늘에서 그 빛들이 만나네.

고요함이 축제를 이루고

밤이 그늘을 드리우는 사이

그들은 듣네, 사랑의 속삭임을,

가슴 벅차오르는 그 뜨거운 노래를.

_『미슈카』

레티티아 엘리자베스 랜던(1802. 8. 14. – 1838. 10. 15.)

영국의 시인이자 작가이다. 감정의 섬세한 결을 낭만적 언어로 풀어내며 당대 대중적 인기를 얻었고, 여성의 내면과 욕망을 시로 드러냈다.

◇

희망과 후회는 존재를 이어주는
가장 달콤한 고리이다.

_『프란체스카 카라라』

8.15.

월터 스콧(1771. 8. 15. – 1832. 9. 21.)

스코틀랜드의 소설가이자 시인으로, 역사적 사건과 허구를 아우르는 역사소설의 선구자이다. 십자군 전쟁 이후의 영국을 배경으로 한 『아이반호』에서 중세의 세계를 생생하게 그렸다.

✧

좋은 시절이 올 거야.

_『롭 로이』

8.16.

토머스 에드워드 로렌스(1888. 8. 16. – 1935. 5. 19.)

영국의 고고학자이자 군인, 작가이다. 제1차 세계대전 중 아랍 반란에 참여해 '아라비아의 로렌스'로 알려졌으며, 대표작 『지혜의 일곱 기둥』을 남겼다.

◇

마음속 먼지 쌓인 구석에서

밤마다 꿈꾸는 이들은

낮이 되면 깨닫는다,

그 꿈이 얼마나 공허했는지를.

_『지혜의 일곱 기둥』

8.17.

피에르 드 페르마(1601. 8. 17. – 1665. 1. 12.)
프랑스의 수학자이자 법률가이다. 정수의 성질을 연구하는 수론의 기초를 닦았으며, 책의 여백에 남긴 명제로 유명한 '페르마의 마지막 정리'는 350년 뒤에야 증명되었다.

◇

나는 놀라운 증명법을 발견했으나

이 여백은 그것을 담기에는 너무 좁다.

_『산술』

마르코 마룰리치(1450. 8. 18. – 1524. 1. 5.)
크로아티아의 작가이자 시인이다. 라틴어 서사시 『유디타』로 크로아티아 문학의 기초를 세웠으며, 성서적 주제와 고전 인문주의를 아우르는 작품을 남겼다.

◇

인간의 영광이 제아무리 드높다 한들,

영원히 지속되지 않음을

스스로 깨닫게 하소서.

강물이 빠르게 흘러가 버리듯,

모든 영화榮華는 시간과 함께 사라지리라.

_『유디타』

존 드라이든(1631. 8. 19. – 1700. 5. 12.)

영국의 시인이자 극작가, 비평가로 왕정복고기를 대표하는 문인이다. 1668년 초대 계관시인에 임명되었으며, 풍자시와 영웅극으로 널리 알려졌다.

✧

실수는 짚단처럼 수면 위에 떠다니지만

진주를 찾기 위해서는 깊이 잠수해야 한다.

_『사랑을 위해 모든 것을』

8.20.

에드거 게스트(1881. 8. 20. – 1959. 8. 5.)

미국의 시인이다. 일상과 가족, 성실과 희망을 노래한 시를 신문에 연재해 큰 인기를 얻었다. 소박한 언어와 명확한 교훈으로 당대 가장 널리 읽힌 시인 중 한 명이다.

◇

원하는 삶을 살아가려면

약간의 용기와 믿음이 필요합니다.

_「용기」

8.21.

애셔 브라운 듀런드(1796. 8. 21. – 1886. 9. 17.)
미국의 화가이자 판화가로, 풍경화 이론의 토대를 세웠다. 숲과 산, 강을 섬세하고 경건한 시선으로 그려 자연주의 회화의 방향을 제시했다.

◇

진정한 예술은

자연이 스스로 내어주는 아름다움을

드러내는 법을 가르쳐줄 뿐,

만들어내지는 않는다.

_『더 크레용』

클로드 드뷔시(1862. 8. 22. – 1918. 3. 25.)
프랑스의 작곡가로 색채적인 화성과 미묘한 음향 조형을 통해 인상주의 음악의 지평을 열었다. 대표작 <목신의 오후 전주곡>에서 시적 분위기와 자유로운 형식을 구현했다.

◇

가을 저녁의 시골길을 늦도록 서성였다.

오래된 숲의 마법에 이끌려

거부할 수 없는 매혹에 사로잡혀.

_『세계 음악의 거장들』

윌리엄 어니스트 헨리(1849. 8. 23. – 1903. 7. 11.)

영국의 시인이자 평론가로, 불굴의 의지와 인간의 존엄을 힘 있는 언어로 노래했다. 어떤 운명 앞에서도 자신의 영혼만은 굴복하지 않겠다는 의지를 선언한 시 「인빅투스」로 강한 울림을 남겼다.

◇

고요한 하늘에서

종달새 한 마리 지저귀고

하루의 일을 마친 태양이

만족한 듯 머무는 서녘에서

오래된 잿빛 도시 위로

찬란하고 고요한 기운,

빛나는 평화가 드리우네.

_「마르가리타에게」

8.24.

맥스 비어봄(1872. 8. 24. – 1956. 5. 20.)

영국의 에세이스트이자 풍자 작가, 캐리커처 화가이다. 재치와 아이러니가 빛나는 산문으로 빅토리아 말기와 에드워드 시대의 인물과 문화를 우아하게 풍자했다.

◇

의무는 싫증을 부르고,

금지는 달콤한 동경을 자극한다.

_『그리고 지금도』

8.25.

요한 고트프리트 헤르더(1744. 8. 25. – 1803. 12. 18.)

독일의 철학자이자 비평가로, 언어와 민족 정신의 가치를 강조했다. 민중의 문화와 역사 속에서 인간을 이해하려 했으며, 낭만주의와 민족주의 사상의 형성에 깊은 영향을 끼쳤다.

✧

인간의 운명 안에는

지혜로운 선의善意가 깃들어 있다.

_『인류 역사 철학에 관한 구상』

8.26.

기욤 아폴리네르(1880. 8. 26. – 1918. 11. 9.)

프랑스의 시인이자 평론가로, 전통과 실험을 넘나들며 현대 시의 길을 열었다. 시를 그림처럼 배치한 '칼리그람'으로 시 형식의 혁신을 이끌었다.

◇

날들은 흘러가고

나는 남아 있다.

_「미라보 다리」

8.27.

미야자와 겐지(1896. 8. 27. – 1933. 9. 21.)
일본의 시인이자 동화 작가이다. 자연과 우주, 인간의 공존을 맑은 언어로 노래한 『은하철도의 밤』에서 깊은 영적 상상력의 세계를 펼쳐 보였다.

✧

아무 쓸모 없어 보인다 불리며

칭찬받지도 미움받지도 않는,

나는 그런 사람이 되고 싶다.

_ 「비에도 지지 않고」

8.28.

요한 볼프강 폰 괴테(1749. 8. 28. – 1832. 3. 22.)
독일의 작가이자 사상가로, 문학과 과학을 넘나들며 인간과 자연을 탐구했다. 『파우스트』와 『젊은 베르테르의 슬픔』으로 근대 문학의 흐름을 이끌었다.

◇

알지 못하거나 미처 헤아리지 못한 것이
가슴의 미로를 따라 밤 속을 헤매도다.

_『파우스트』

8.29.

한용운(1879. 8. 29. – 1944. 6. 29.)

한국의 승려이자 시인, 독립운동가로 불교 사상과 민족의식을 시에 담았다. 대표작『님의 침묵』에서 사랑과 자유, 저항의 정신을 상징적으로 노래했다.

✧

걸음이 걸음보다 멀어지더니

보이려다 말고 말려다 보인다

사람이 멀어질수록 마음은 가까워지고

마음이 가까워질수록 사랑은 멀어진다

_「그를 보내며」

8.30.

테오필 고티에(1811. 8. 30. – 1872. 10. 23.)
프랑스의 시인이자 소설가, 미술 평론가로 예술의 자율성과 감각적 아름다움을 옹호했다. 낭만주의에서 형식미와 객관성을 중시했던 고답파로 이어지는 가교 역할을 했다.

◇

그는 과거의 짐을 벗어 던지고

한결 가벼워진 기분이었다.

이제 그 무엇에도 얽매이지 않았고

들판을 가로지르는 바람처럼 자유로웠다.

_『프라카스 대위』

8.31.

듀보즈 헤이워드(1885. 8. 31. – 1940. 6. 16.)
미국의 소설가이자 극작가이다. 소설 『포기』를 바탕으로 오페라 〈포기와 베스〉의 원작을 썼으며, 서정적 문체로 인종과 계급
의 현실을 섬세하게 담아냈다.

✧

오랜 어둠 속 여정을 거쳐 온 사람들처럼,

그들은 그저 앉아서

햇살을 깊이 들이마시는 것으로 만족했다.

_『포기Porgy』

9월 — 성찰

서두르지 않아야 닿는 자리

에드거 라이스 버로스(1875. 9. 1. – 1950. 3. 19.)

미국의 소설가이다. 아프리카 정글에서 유인원에게 길러진 영국 귀족 청년의 모험을 그린 『타잔』 시리즈와 화성을 배경으로 한 『존 카터』 시리즈로 세계적 명성을 얻었다.

◇

다시는 돌아갈 수 없다는 것이

어쩌면 다행일지도 모른다.

_『잊혀진 시간의 땅』

폴 부르제(1852. 9. 2. – 1935. 12. 25.)

프랑스의 소설가이자 비평가이다. 당대 지성사의 흐름을 문학으로 치밀하게 반영한 심리소설의 개척자로, 인간 내면의 도덕적 갈등과 감정의 미세한 움직임을 분석했다.

◇

생각하는 대로 살아야 한다.

그렇지 않으면 결국

살아온 대로 생각하게 된다.

_『정오의 악마』

9.3.

세라 온 주잇(1849. 9. 3. – 1909. 6. 24.)

미국의 소설가이다. 소박한 일상과 여성의 삶, 공동체의 온기를 섬세한 문체로 그려낸『뾰족한 전나무들의 나라』에서 조용한 인간애와 자연의 리듬을 표현했다.

◇

사랑에 빠지는 데는 순간이면 충분하나,

참된 우정을 일구는 데는 온 생애가 필요하다.

_『뾰족한 전나무들의 나라』

9.4.

앙토냉 아르토(1896. 9. 4. – 1948. 3. 4.)
프랑스의 시인이자 연극 이론가이다. '잔혹 연극'을 제창해 언어 중심의 연극에 도전하고, 신체와 소리, 주술적 행위를 통해
감각을 뒤흔드는 무대를 추구했다.

◇

사유가 제자리를 잃고 흔들릴 때,

비로소 진짜 고통과 마주한다.

_『신경의 저울』

9.5.

빅토리앙 사르두(1831. 9. 5. – 1908. 11. 8.)

프랑스의 극작가이다. 푸치니의 오페라 〈토스카〉의 원작 희곡을 썼고, 치밀한 플롯과 극적 긴장으로 19세기 유럽 연극을 이끌었다.

◇

당신이 그 작은 꽃을 주운 것이

그때 이미 저를 사랑했기 때문이라면,

그것을 지금까지 간직해온 것은

여전히 저를 사랑하기 때문이겠죠.

_『검은 진주』

펠릭스 잘텐(1869. 9. 6. – 1945. 10. 8.)

오스트리아의 작가이자 비평가이다. 자연과 동물의 시선으로 인간 세계를 비유한 대표작 『밤비』를 통해 상실과 성장의 서사를 섬세하게 그렸다.

◇

부드럽고 은은한 달빛이

대지 위로 흘러내렸다.

그 빛 속에서 눈뜨는 것은 경이로웠고,

이 신비롭고 애잔한 속삭임 속에서

잠드는 것은 달콤했다.

_『밤비』

9.7.

김소월(1902. 9. 7. – 1934. 12. 24.)
한국 근대 서정시를 대표하는 시인이다. 민요적 리듬과 한恨의 정서를 담은 「진달래꽃」「산유화」「엄마야 누나야」 등으로 한국인의 감성을 아름답게 노래했다.

◇

그립다

말을 할까

하니 그리워

그냥 갈까

그래도

다시 더 한번番……

_「가는 길」

프레데리크 미스트랄(1830. 9. 8. – 1914. 3. 25.)
프랑스의 시인으로 소멸 위기에 처한 지역 언어와 문화를 시로 되살리는 데 평생을 바쳤다. 서사시 「미레유」로 프로방스의 자연과 삶을 장대하게 그려 1904년 노벨 문학상을 수상했다.

◇

모든 것은 흘러가지만
풍경만은 영혼 속에 머문다.

_『펠리브르의 회상록』

9.9.

레프 톨스토이(1828. 9. 9. – 1910. 11. 20.)

러시아의 소설가이자 사상가로, 인간의 삶과 도덕, 신앙을 깊이 성찰했다. 대표작 『전쟁과 평화』와 『안나 카레니나』에서 인간 존재의 깊이를 장대한 서사로 펼쳐냈다.

◇

삶이 있는 한 행복이 있다.

우리 앞에는 아직 많은 것이,

참으로 많은 것이 남아 있다.

_『전쟁과 평화』

9.10.

프란츠 베르펠(1890. 9. 10. – 1945. 8. 26.)
오스트리아의 시인이자 소설가이다. 표현주의적 감수성과 인간에 대한 깊은 이해를 바탕으로, 집단적 비극 속에서의 저항과 존엄을 그린 『무사 다그의 사십 일』로 널리 알려졌다.

◇

나뭇잎들이 나를 적시네,

가늘고 성긴 폭포수처럼 부드럽게.

손들이 나를 붙잡네,

겹겹의 초록빛 손들이.

사랑과 다정함에 에워싸여

나는 포로가 되어 서 있네.

_「나는 선한 일을 했네」

9.11.

데이비드 허버트 로렌스(1885. 9. 11. – 1930. 3. 2.)
영국의 소설가이자 시인이다. 인간의 본능과 사랑, 산업화 이후 소외된 인간성을 대담하게 그려낸 『채털리 부인의 사랑』으로 당대 문학계에 거대한 논쟁을 불러일으켰다.

◇

밤의 어둠을 밝히기 위해 촛불을 켜듯

사이프러스 나무들은 한낮의 햇빛 속에서

어둠의 불꽃을 타오르게 하는 촛불이다.

_『이탈리아 황혼기』

헨리 루이스 멩켄(1880. 9. 12. – 1956. 1. 29.)
미국의 언론인이자 수필가이다. 날카로운 풍자와 회의적 이성으로 민주주의와 종교, 대중문화를 비평했으며, 20세기 지성사에 큰 영향을 끼쳤다.

✧

첫 새벽의 아스라한 빛 속에서

우리가 찬란한 태양의 약속을 보듯,

제비꽃의 안개 낀 푸름 속에는

다가올 날들의 어렴풋한 모습이 깃들어 있다.

_「제비꽃」

대니얼 디포(1660. 9. 13. – 1731. 4. 24.)

영국의 소설가이자 저널리스트이다. 고립과 역경 속에서도 굴하지 않는 인간의 생존 의지와 성찰을 그린 『로빈슨 크루소』를 통해 근대 사실주의 문학의 기틀을 닦았다.

◇

폭풍이 잦아들어

고요한 평온을 되찾았듯,

내 마음속 혼란도 지나가 버렸다.

_『로빈슨 크루소』

알렉산더 폰 훔볼트(1769. 9. 14. – 1859. 5. 6.)

독일의 지리학자로, 자연을 유기적 전체로 이해한 근대 지리학의 거장이다. 탐험을 통해 생태학의 기틀을 닦았으며, 과학적 데이터와 서정적 감성을 아우르며 자연의 경외감을 전했다.

◇

여행을 통해 경험한 즐거움들은

고된 일과 잦은 격랑의 삶에

필연적으로 따르는 결핍을

충분히 보상해 주었다.

_『신대륙 적도 지역 여행기』

9.15.

제임스 페니모어 쿠퍼(1789. 9. 15. – 1851. 9. 14.)

미국의 작가이다. 개척 시대의 자연과 문명 충돌을 그린 『모히칸족의 최후』를 비롯한 『가죽 스타킹 이야기』 연작으로 미국적 모험 서사의 토대를 마련했다.

✧

모든 오솔길에는 끝이 있고,

모든 재난은 가르침을 남긴다.

_『모히칸족의 최후』

프랜시스 파크먼(1823. 9. 16. – 1893. 11. 8.)
미국의 역사학자이자 여행가이다. 북미 식민지 시대와 프랑스·인디언 전쟁사를 방대한 사료와 현장 답사를 바탕으로 서사적
으로 재구성한 작품을 남겼다.

◇

단 하나의 식물이라도

완벽하고 온전하게 키워내는 사람은

수천 평의 땅에 그저 그런 식물들을

가득 심어 가꾸는 사람보다

훨씬 뛰어난 원예가입니다.

_『장미의 책』

9.17.

에이빈드 아스트럽(1871. 9. 17. – 1895. 12. 27.)
노르웨이의 탐험가이자 작가이다. 그린란드 탐험을 통해 북극의 자연과 이누이트의 삶을 기록했으며, 절제된 문체로 극지의 고요와 인간의 용기를 전했다.

◇

환상적인 오로라의 향연이

극지의 밤을 밝혔고,

빛의 줄기와 아치들이

창공을 가로지르며 펼쳐졌다.

_『피어리와 함께한 북극 탐험』

9.18.

새뮤얼 존슨(1709. 9. 18. – 1784. 12. 3.)

영국의 문필가이자 평론가, 사전 편찬자이다. 『영어사전』으로 근대 영어의 기틀을 세웠고, 수필과 비평에서 도덕과 이성, 삶의 태도를 날카롭고 품위 있게 논했다.

◇

네 앞에 놓인 축복 중에서 선택하고 만족하라.

봄의 꽃향기에 취해 있으면서

가을의 열매를 맛볼 수 있는 사람은 없다.

_『라셀라스』

김우진(1897. 9. 19. – 1926. 8. 4.)

한국 근대극의 선구자이자 극작가로 『난파』 『이영녀』 등 사실주의 극을 통해 개인의 고뇌와 사회적 억압을 그렸다. 1926년 소프라노 윤심덕과 현해탄에 투신하여 생을 마감했다.

◇

손잡고 웃고 엽눈질하든

[강변^{江邊}] 우 잔듸밧 우에

선선한 바람이 불어옵니다.

쓸쓸하게도 [변^變]해진

가을 벌판 우에

닙이 떠러지고 비가 옵니다.

축축하게도 가을비 옵니다.

_「사랑의 가을」

케이트 해링턴(1831. 9. 20. – 1917. 5. 29.)
미국의 시인이자 작가이다. 일상의 감정과 인간적인 통찰을 담은 시와 산문을 발표했으며, 절제된 언어로 삶의 품위와 내면의 성찰을 전하는 작품을 남겼다.

◇

세월의 변화와 시간의 흐름 속에서도

그 집은 변함없이 제자리에 서 있습니다.

_「그리운 옛집」

허버트 조지 웰스(1866. 9. 21. – 1946. 8. 13.)

영국의 소설가이다. 과학적 상상력을 바탕으로 인류의 미래와 사회 구조를 탐구한 『타임머신』과 『우주 전쟁』을 통해 기술 문명의 가능성과 위험을 날카롭게 예견한 현대 SF 문학의 선구자이다.

◇

인간의 가장 위대한 꿈은

언제나 지금보다 더 나은,

더 아름다운 세상에 관한 것이었다.

그리고 인간의 가장 거대한 힘은

그 희망을 놓지 않는다는 데 있다.

_『현대 유토피아』

윤곤강(1911. 9. 22. – 1949. 2. 3.)

한국의 시인이자 문학 평론가로, 자연과 사유를 절제된 언어로 그렸다. 우리 민족 고유의 정서와 리듬을 현대적 감각으로 새롭게 빚은 시로 조용한 깊이를 남겼다.

✧

빛나는 해와 밝은 달이 있기로

하늘은 금빛도 되고 은빛도 되옵니다

사랑엔 기쁨과 슬픔이 같이 있기로

우리는 살 수도 죽을 수도 있으오이다

_「꽃 피는 달밤에」

9.23.

이상(1910. 9. 23. – 1937. 4. 17.)

한국의 시인이자 소설가, 건축가이다. 실험적인 언어와 파격적인 형식으로 근대인의 분열된 자아와 불안을 탐구했다. 소설 『날개』와 연작시 「오감도」 등을 통해 한국 모더니즘 문학의 정점을 보여주는 작품들을 남겼다.

◇

청석 얹은 지붕에 별빛이 내려쬐면

한겨울에 장독 터지는 것 같은

소리가 납니다. 벌레 소리가 요란합니다.

가을이 이런 시간에

엽서 한 장에 적을 만큼씩 오는 까닭입니다.

_「산촌여정」

프랜시스 스콧 피츠제럴드(1896. 9. 24. – 1940. 12. 21.)

미국의 소설가이다. 1920년대 재즈 시대의 화려함과 그 이면의 허무를 그린 대표작 『위대한 개츠비』를 통해 물질적 풍요 속에 가려진 현대인의 상실감을 상징적으로 형상화했다.

◇

우리는 내일 더 빨리 달리고

더 멀리 팔을 뻗으리라.

그렇게 우리는 계속 나아간다.

흐름을 거스르는 배들처럼

끊임없이 과거로 되밀리면서도.

_『위대한 개츠비』

윌리엄 포크너(1897. 9. 25. – 1962. 7. 6.)

미국의 소설가로 미국 남부 사회의 역사와 인간의 내면을 실험적 서사로 치밀하게 탐구했다. 인간의 고뇌와 역사의 비극을 깊이 그린 작품으로 1949년 노벨 문학상을 수상했다.

◇

그는 자신이 무엇인지,

그리고 무엇이 아닌지

점차 배워가고 있었다.

_『내려가라, 모세』

조지 거슈윈(1898. 9. 26. – 1937. 7. 11.)
미국의 작곡가로 재즈와 클래식을 아우르며 새로운 음악적 지평을 열었다. 〈랩소디 인 블루〉와 오페라 〈포기와 베스〉를 통해 도시의 리듬과 현대적 감성을 음악에 담아냈다.

◇

진실한 음악이라면

당대의 시대정신과

그 시대를 살아가는 이들의 염원을

담아내야 합니다.

_『거슈윈의 시대』

9.27.

그라치아 델레다(1871. 9. 27. – 1936. 8. 15.)

이탈리아의 작가이다. 고향 사르데냐의 원시적인 자연과 거친 운명에 맞선 인간의 고뇌를 서정적으로 그려낸 『바람 속의 갈대』로 명성을 얻었으며, 1926년 노벨 문학상을 수상했다.

✦

언덕 끝의 갈대들처럼 깨어 있기를.

바람이 불 때마다 서로 잎을 맞부딪치며

마치 위험을 서로에게 알리듯이.

_『바람 속의 갈대』

프로스페르 메리메(1803. 9. 28. – 1870. 9. 23.)

프랑스의 소설가이자 역사가로, 간결한 문체와 냉정한 시선으로 인간의 열정과 비극을 그렸다. 대표작 『카르멘』은 비제의 오페라 원작으로 널리 알려져 있다.

◇

내 인생은 오직 나의 것이다.

_『카르멘』

엘리자베스 개스켈(1810. 9. 29. – 1865. 11. 12.)

영국 빅토리아 시대의 소설가로, 산업화의 물결 속에서 소외된 노동자와 여성의 삶을 따뜻한 시선과 예리한 통찰로 그렸다. 대표작으로 『메리 바턴』『크랜포드』『북과 남』 등이 있다.

✧

이제 그녀의 눈은

지나간 날들의 환영이 아니라,

자신의 발치에 놓인 실제의 풍경을

바라보기 시작했다.

_『북과 남』

헤르만 주더만(1857. 9. 30. – 1928. 11. 21.)
독일의 소설가이자 극작가이다. 『리투아니아 이야기』에서 척박한 대지 위에서 고난을 견디며 살아가는 민중들의 강인한 삶과 사랑을 투박하고도 따뜻하게 그렸다.

✧

이제 우리는 큰 고비를 넘겼어요.

앞으로 무슨 나쁜 일이 더 생길 수 있겠어요?

_『리투아니아 이야기』

10월 — 조화

혼자였다면 몰랐을 아름다움

애니 베전트(1847. 10. 1. – 1933. 9. 20.)
영국의 사회개혁가이자 사상가로, 여성 참정권과 노동, 교육 운동에 헌신했다. 인도에서 교육과 자치 운동을 이끌며 사상과 실천을 하나로 일군 삶을 살았다.

◇

보는 것이 눈을 멀게 할지라도,

아는 것이 슬픔을 안겨줄지라도,

보고 알고 이해하고자 하는 열망은

위를 향해 분투하는 인간 정신이

언제나 갈구해 온 바였다.

_『애니 베전트 자서전』

10.2.

김동인(1900. 10. 2. – 1951. 1. 5.)
한국의 소설가로 인간의 욕망과 현실을 냉정한 시선으로 포착했다. 「감자」와 「배따라기」에서 인물의 내면과 삶의 비극을 날
카롭게 그려내며 한국 근대소설의 토대를 마련했다.

◇

모란봉 꼭대기에 올라가면

넉넉히 만질 수가 있으리만큼 하늘은 낮다.

그리고 그 낮은 하늘보담은

오히려 더 높이 있는 듯한 분홍빛 구름은

뭉글뭉글 엉기면서 이리저리 날아다닌다.

_「배따라기」

토머스 울프(1900. 10. 3. – 1938. 9. 15.)
미국의 소설가이다. 자전적 서사를 바탕으로 쓴 작품『고향을 향하여, 천사여』등에서 인간 내면의 고독과 흐르는 시간을 격정적으로 그렸다.

◇

아득히 먼 시간은
바로 어제의 시간이다.

_『시간과 강』

장 프랑수아 밀레(1814. 10. 4. – 1875. 1. 20.)

바르비종파를 대표하는 프랑스의 화가이다. 농부와 농촌의 일상을 숭고한 시선으로 그려 노동의 존엄을 화폭에 담았다. <만종>과 <이삭 줍는 여인들>은 사실주의 회화의 깊이를 보여주는 대표작이다.

◇

시골 삶의 숭고함과 단순함,

그리고 진실을 보여주고 싶다.

자연과 사람을 느끼며,

이 모든 것을 꾸밈없이 담아내고 싶다.

_『밀레 서간집』

헬렌 처칠 캔디(1858. 10. 5. – 1949. 8. 23.)
미국의 작가이자 저널리스트이다. 타이타닉호 침몰의 생존자로도 알려졌으며, 예술과 문화에 관한 통찰력 있는 글로 당대 독립적인 여성의 표상이 되었다.

◇

진정으로 가질 만한 가치가 있는 것이라면
기꺼이 기다리고 노력할 가치 또한 있다.

_『여성을 위한 자립의 길』

존 맥컬록(1773. 10. 6. – 1835. 8. 21.)

스코틀랜드의 지질학자이자 의사이다. 영국 전역을 누비며 정밀한 지질도를 제작했으며, 자연에 대한 예리한 과학적 관찰을 유려한 산문으로 기록했다.

◇

어둡고 높이 솟은 산들로 둘러싸인

길고 깊은 골짜기, 양쪽 높은 곳에는

뚜렷한 세 줄의 선이 지평선과 나란히 뻗으며

건너편 선들과 높이도 정확히 일치한다.

_「글렌 로이의 평행 도로에 대하여」

제임스 휘트콤 라일리(1849. 10. 7. – 1916. 7. 22.)

미국의 시인으로 중서부의 자연과 어린 시절의 향수를 노래했다. 소박한 풍경과 일상의 정서를 따뜻하게 포착했으며, 특히 구어체에 가까운 친근한 언어로 대중의 사랑을 받았다.

◇

숲의 그늘진 틈새로

낮고 느린 달이 떠올라

위로 흘러가고,

밤의 치맛자락 사이로

반딧불의 불빛이

소용돌이치며 흩날리네.

_「구월의 어둠」

10.8.

마리나 츠베타예바(1892. 10. 8. – 1941. 8. 31.)
러시아의 시인으로 격정적인 리듬과 날 선 언어로 사랑과 고독, 망명의 삶을 노래했다. 극단적인 감정과 운명을 정면으로 마주한 시를 남겼다.

✧

당신과 어느 작은 마을에서 살고 싶어요.

그리고 창밖으로 하늘을 바라보고 싶어요.

_「당신과 함께 살고 싶어요」

마리오 데 안드라데(1893. 10. 9. – 1945. 2. 25.)
브라질 모더니즘을 대표하는 작가이자 음악학자다. 시집 『광란의 상파울루』에서 급변하는 대도시의 혼란과 역동적인 감각을 파격적인 언어로 포착했다.

◇

상파울루! 내 삶의 격동이여…

나의 사랑은 독창성에서 피어난 꽃들!

할리퀸처럼… 마름모꼴 무늬들… 회색과 황금빛…

빛과 안개… 용광로와 따뜻한 겨울…

_『광란의 상파울루』

10.10.

이탈리아 오페라를 대표하는 작곡가이다. <라 트라비아타> <리골레토> <아이다>에서 인간의 열정과 비극을 강렬한 선율로 그려, 민족 정서와 시대 정신을 담아냈다.

◇

과거로 돌아가라. 그것이 곧 진보다.

_『주세페 베르디의 편지들』

콘라트 페르디난트 마이어(1825. 10. 11. – 1898. 11. 28.)
스위스 시인이자 소설가이다. 역사적 소재를 바탕으로 인간의 심리와 도덕적 갈등을 치밀한 구도 속에 담아내는 '상징적 사실주의' 의 정수를 보여주는 작품을 남겼다.

◇

물줄기 솟구쳐 떨어지며

대리석 수조를 가득 채우고,

베일 드리우듯 넘쳐흘러

아래 수조로 스며든다.

차오른 물길 일렁이며

그다음 수조로 스며들고,

저마다 받고 내어주고 흐르면서

또한 멈춰 있구나.

_「로마의 분수」

랠프 본 윌리엄스(1872. 10. 12. – 1958. 8. 26.)
영국의 작곡가이자 민요 연구가이다. 잊혀가던 영국 민요의 선율에 르네상스 음악 전통을 접목해 영국 근대 음악의 독자적인 색채를 확립했다.

◇

작곡가는 자기 세계에 갇혀
예술만을 생각해서는 안 된다.
동료들과 함께 살아가며
공동체 전체의 삶을 담아내야 한다.

_『민족 음악』

10.13.

메리 킹슬리(1862. 10. 13. – 1900. 6. 3.)
영국의 탐험가이자 작가이다. 홀로 서아프리카 오지를 탐험하며 현지 문화를 존중하는 시선으로 기록한 『서아프리카 여행기』로 당대의 제국주의적 편견을 비판했다.

◇

단 한 번의 항해였지만 그것으로 충분했다.

그곳에는 내가 해야 할 가치 있는 일들이

수없이 많다는 것을 느꼈기 때문이다.

_『서아프리카 여행』

10.14.

캐서린 맨스필드(1888. 10. 14. – 1923. 1. 9.)
뉴질랜드의 모더니즘 작가이다. 단편 「블리스」 「가든 파티」 「미스 브릴」에서 스쳐 지나가는 순간 속에 감춰진 감정의 균열과 삶의 이면을 섬세한 문체로 담아냈다.

◇

이 꽃들을 오래 바라볼 시간만 있다면,

낯섦에서 벗어나 익숙해질 시간만 있다면,

그것들을 알아갈 시간만 있다면,

얼마나 좋을까!

_ 「가든 파티」

프리드리히 니체(1844. 10. 15. – 1900. 8. 25.)

독일의 철학자이다. 기존의 도덕과 형이상학적 가치에 의문을 던지며 인간의 삶과 의지를 사유했다. 『차라투스트라는 이렇게 말했다』 등을 통해 서구 사상의 근간에 깊은 균열을 일으키며 현대 철학의 새로운 지평을 열었다.

◇

춤추는 별을 낳으려는 자는

자신 안에 혼돈을 간직해야 한다.

_『차라투스트라는 이렇게 말했다』

유진 오닐(1888. 10. 16. – 1953. 11. 27.)
미국의 극작가이다. 인간의 고독과 가족의 비극을 깊이 있게 파고든 『밤으로의 긴 여로』 등으로 미국 현대 연극의 기초를 세웠으며, 1936년 노벨 문학상을 수상했다.

✧

내 아래로 거품 이는 물살이 흐르고 있었다.

그 아름다움과 노래하듯 울리는 리듬에

나는 완전히 취했다.

자유로웠고, 바다와 하나가 되었다.

과거도 미래도 없이,

오직 평화와 일체감,

거친 환희 속에 머물렀다.

_『밤으로의 긴 여로』

차일드 하삼(1859. 10. 17. – 1935. 8. 27.)

미국 인상주의를 대표하는 화가이다. 뉴욕의 거리와 일상을 빛과 색채로 포착했으며, '플래그' 연작으로 도시의 순간과 시대정신을 기록했다.

✧

진정한 역사 화가는

자기 주변의 삶을 그리는 사람이다.

_「인터뷰(1892)」

앙리 베르그송(1859. 10. 18. – 1941. 1. 4.)

프랑스의 철학자로 시간과 의식을 '지속'의 개념으로 사유했다. 생명과 직관의 철학을 문학적 깊이와 명료한 문체로 전개해 1927년 노벨 문학상을 수상했다.

◇

개성은 어떤 '사물'이 아니라
하나의 '과정'이다.

_『의식의 즉각적 데이터 연구』

10.19.

리 헌트(1784. 10. 19. – 1859. 8. 28.)
영국의 시인이자 비평가로, 19세기 낭만주의 문학의 중심에서 가교 역할을 했다. 잡지 『리플렉터』 등을 창간하여 정치적 신념을 굽히지 않는 날카로운 비평을 전개했다.

◇

우리는 침묵 속에서

대지를 가로지르고 보금자리를 짓네.

잎사귀를 하나씩, 고요히 드러내다

마침내 우뚝 서서 활짝 웃으며.

_「꽃들의 노래」

10.20.

아르튀르 랭보(1854. 10. 20. – 1891. 11. 10.)

프랑스의 시인으로 감각을 극한까지 밀어붙인 시적 표현을 통해 근대 문학을 뒤흔들었다. 십 대에 『지옥에서 보낸 한 철』을 남기고 문학을 떠나 세계를 떠도는 방랑자로 살았다.

✧

어느 날 저녁,

나는 아름다움을 내 무릎에 앉혔다.

그리고 그녀가 쓰라린 존재임을 깨달았다.

그리하여 그녀를 욕했다.

_『지옥에서의 한 철』

새뮤얼 테일러 콜리지(1772. 10. 21. – 1834. 7. 25.)

영국의 낭만주의 시인이자 사상가로, 상상력과 몽환적 이미지로 시의 지평을 넓혔다. 윌리엄 워즈워스와 함께 낭만주의 운동의 출발을 이끌었다.

◇

사랑은 꽃처럼 피어나고

우정은 그늘을 드리우는 나무와 같다.

_「청춘과 노년」

10.22.

프란츠 리스트(1811. 10. 22. – 1886. 7. 31.)

헝가리의 작곡가이자 피아니스트이다. 인간의 한계를 넘나드는 연주로 19세기 음악계를 사로잡았고, 교향시를 확립했다. 낭만주의의 정열과 종교적 성찰을 음악에 담았다.

◇

그의 아름다움은

온전한 자유 속에서만 피어났다.

_『쇼팽의 생애』

심훈(1901. 10. 23. – 1936. 9. 16.)

한국의 시인이자 소설가로, 식민지 현실 속 민족의 고통과 저항 의식을 작품에 담았다. 시 「그날이 오면」과 소설 『상록수』로 강한 울림을 남겼다.

◇

오오, 너이들은 기나긴 겨울에

그 눈바람을 맞구두 싱싱허구나!

저렇게 시푸르구나!

_『상록수』

사라 조세파 헤일(1788. 10. 24. – 1879. 4. 30.)

미국의 작가이자 편집자로, 여성 교육과 문학 진흥에 힘썼다. 여성 잡지『고디스 레이디스 북』의 편집장으로 활동하며 미국 여성 문학의 성장에 기여했다.

◇

지혜란, 선한 목적을 위해 쓰인 지식이다.

_『헤일 부인이 전하는 삶의 처방전』

마리아 제인 쥬즈버리(1800. 10. 25. – 1833. 10. 4.)

영국의 수필가이자 시인, 비평가이다. 산문과 시를 엮은 『팬텀즈』 등에서 섬세한 감정과 지적 성찰을 보여주며 빅토리아 초기 여성 문학에 뚜렷한 흔적을 남겼다.

◇

필연적으로 떼려야 뗄 수 없는

아름다움과 슬픔, 사랑과 죽음, 미소와 우울…

_『젊은이들에게 보내는 편지』

10.26.

안드레이 벨리(1880. 10. 26. – 1934. 1. 8.)

러시아 상징주의를 대표하는 작가이자 시인이다. 소설 『페테르부르크』에서 파편적 서사와 리듬감 있는 문체로 도시의 불안과 혁명기의 정신을 그렸다.

◇

반짝이던 황금 동전은 이제 없다.

낮의 빛이 사그라든다.

하지만 태양이 닿는 모든 곳에

눈부신 보랏빛 불꽃이 타오른다.

_「황금 양털」

딜런 토머스(1914. 10. 27. – 1953. 11. 9.)

웨일스의 시인이자 작가로, 음악적인 언어와 강렬한 이미지로 삶과 죽음을 노래했다. 시 「순순히 어두운 밤을 받아들이지 마오」로 널리 알려졌다.

✧

시월의 태양은 언덕의 어깨 위에서

여름 같았네.

다정한 기후와 감미로운 노래가

불현듯 찾아왔네.

_「시월의 시」

10.28.

말비다 폰 마이젠부크(1816. 10. 28. – 1903. 4. 23.)

독일의 작가이자 사상가이다. 망명 생활 속에서 자유주의와 여성 해방을 옹호했으며, 니체와 바그너 등 예술가들의 정신적 조력자이기도 했다.

✧

대양의 파도가

자유의 땅 절벽에 부딪혀

내 발치에서 부서져 내렸다.

_『이상주의자의 회상』

10.29.

장 지로두(1882. 10. 29. – 1944. 1. 31.)

프랑스의 소설가이자 극작가이다. 고전 신화를 현대적 시선으로 재해석하며 전쟁과 인간의 운명을 섬세하게 그렸으며, 『트로이 전쟁은 일어나지 않으리』가 대표작이다.

◇

태양, 베일에 싸인 달, 밤과 아침,

하늘에 있는 그 모든 것이

눈부시게 빛나는 식탁보 위에

풍성하게 차려져 있었다.

_『수잔과 태평양』

10.30.

폴 발레리(1871. 10. 30. – 1945. 7. 20.)

프랑스의 시인이자 사상가로, 의식과 사고의 움직임을 치밀한 언어로 탐구했다. 「해변의 묘지」와 「젊은 파르크」에서 사유와 시적 언어 사이의 팽팽한 균형을 보여주었다.

✧

바람이 분다!… 살아봐야 한다!

_ 「해변의 묘지」

10.31.

줄리아 피터킨(1880. 10. 31. – 1961. 8. 10.)

미국의 소설가이다. 남부 농촌과 흑인 공동체의 삶을 사실적으로 그린 『스칼렛 시스터 메리』로 퓰리처상을 받았다. 백인의 시각에서 흑인의 삶을 진지하게 성찰한 선구적인 작가로 손꼽힌다.

◇

삶은 제자리에 머무르지 않는다.

뒤로 물러서지도 않는다.

_『롤, 조던, 롤』

11월 — 위로

무너지지 않은 하루의 무게

11.1.

스티븐 크레인(1871. 11. 1. – 1900. 6. 5.)

미국의 소설가이자 시인이다. 전쟁터의 현실을 가감 없이 그리며 미국 자연주의 문학의 중요한 흐름을 형성했다.『붉은 무공 훈장』이 대표작이다.

◇

바다 위에서 피어난 이 미묘한 형제애를

말로 다 설명하기란 어려웠다.

누구 하나 입 밖으로 꺼내지 않았으나,

모두가 그 따스함을 느끼고 있었다.

_『열린 보트와 모험 이야기들』

쥘스 바르비 도르빌리(1808. 11. 2. – 1889. 4. 23.)

프랑스의 소설가이자 문학 평론가이다. 가톨릭 신앙과 도발적 감수성으로 악과 욕망, 운명을 그렸으며, 탐미와 허무를 추구한 19세기 문예 사조인 데카당스 문학의 선구자로 불린다.

◇

인생의 가장 아름다운 이야기들은

스쳐 지나가면서 팔꿈치나 발끝에 닿았던

현실들이다.

_『악녀들』

윌리엄 컬런 브라이언트(1794. 11. 3. – 1878. 6. 12.)
미국의 시인이자 언론인이다. 자연과 인간의 삶을 장중하고 사색적인 어조로 노래했으며, 죽음을 성찰한 시 「타나토프시스」
로 명성을 얻었다.

◇

자연은 여러 가지 언어로 말을 건넨다.

기쁠 때는 환희의 목소리와 미소,

아름다움의 웅변을 펼치고,

어두운 상념에 잠길 때면

온화한 위로로 치유해주며

그 아픔을 어느새 거두어 간다.

_ 「타나토프시스」

11.4.

에덴 필포츠(1862. 11. 4. – 1960. 12. 29.)
영국의 소설가이자 시인, 극작가이다. 자연과 농촌 공동체를 배경으로 인간의 욕망과 운명을 사실적으로 그린 『데번 이야기들』로 대중적 인기를 얻었다.

◇

밤의 마법은

지극히 작은 초원조차

가늠할 수 없는 안개의 바다로

바꾸어 놓았다.

_『안개의 아이들』

엘라 휠러 윌콕스(1850. 11. 5. – 1919. 10. 30.)

미국의 시인이자 수필가이다. 사랑과 삶의 지혜를 따뜻하고 명료한 언어로 담아낸 시로 대중의 폭넓은 사랑을 받았으며, 「고독」은 그의 이름을 널리 알린 대표작이다.

◇

웃어라, 그러면 세상이 너와 함께 웃으리라.

울어라, 그러면 너 홀로 울게 되리라.

_「고독」

로베르트 무질(1880. 11. 6. – 1942. 4. 15.)

오스트리아의 소설가이자 수필가이다. 분석적 사유와 아이러니로 근대인의 불안과 윤리를 탐구했으며, 『특성 없는 남자』로 20세기 모더니즘 문학의 정점을 이뤘다.

◇

그는 무엇이든 될 수 있는 능력을 갖추었지만,
정작 자신의 것이라 할 만한 특성은 없었다.

_『특성 없는 남자』

알베르 카뮈(1913. 11. 7. – 1960. 1. 4.)

프랑스의 작가이자 사상가로, 부조리한 세계 속 인간의 책임과 연대를 사유했다. 『이방인』과 『페스트』를 통해 이를 문학적으로 형상화했으며 1957년 노벨 문학상을 수상했다.

◇

삶의 큰 불행 속에서도 나는 늘 확신했다.

혹독한 겨울의 한가운데일지라도,

우리 내면에는 결코 꺾이지 않을

여름이 있다는 것을.

그러니 나는 행복하다.

_『여름』

11.8.

브램 스토커(1847. 11. 8. – 1912. 4. 20.)

아일랜드의 소설가이다. 1897년 발표한 소설 『드라큘라』는 빅토리아 시대의 공포와 욕망을 흡혈귀 신화로 빚어낸 작품으로, 대중문화 전반에 지대한 영향을 미친 고딕 문학의 걸작이다.

◇

가끔, 울음은 우리 모두에게 도움이 된다.

마치 비가 공기를 정화하듯이.

_『드라큘라』

이반 투르게네프(1818. 11. 9. – 1883. 9. 3.)
러시아의 소설가이다. 사실주의적 문체로 사회 변화와 인간의 내면을 섬세하게 그린 대표작 『아버지와 아들』에서 세대 갈등과 사상의 충돌을 깊이 탐구했다.

◇

우리 주위는 온통 고요와 평온으로 가득했다.
꿀과 꽃향기가 뒤섞인 따스한 저녁 공기가
정원의 울창한 잎사귀 사이로 스며들었다.

_『첫사랑』

바첼 린지(1879. 11. 10. – 1931. 12. 5.)

미국의 시인이다. 구어적 리듬과 반복, 낭송을 염두에 둔 시로 대중과 호흡했으며, 「중국 세탁소의 노래」 등에서 미국 서민의 삶과 시대상을 노래했다.

✧

삶은 환영을 짜는 베틀.

나는 기억한다, 기억한다.

유령 같은 베일과 레이스가 있었음을.

_ 「중국 세탁소의 노래」

표도르 도스토옙스키(1821. 11. 11. – 1881. 2. 9.)

러시아의 소설가이자 사상가이다. 죄와 구원, 자유와 인간 심리를 깊이 파고든 『죄와 벌』『카라마조프가의 형제들』을 통해 인간 내면의 극한을 그렸다.

◇

자신을 진심으로 가련히 여겨 줄

마음의 안식처를

단 한 곳은 가지고 있어야 합니다.

_『죄와 벌』

오귀스트 로댕(1840. 11. 12. – 1917. 11. 17.)

프랑스의 조각가이다. 고전적 형식을 넘어 인간의 내면과 감정을 역동적인 형태로 표현했으며, <생각하는 사람>과 <지옥문>으로 조각의 새로운 지평을 열었다.

◇

아름다움은 어디에나 있다.

문제는 그것을 보지 못하는 우리 눈에 있다.

_『예술』

로버트 루이스 스티븐슨(1850. 11. 13. – 1894. 12. 3.)

스코틀랜드의 소설가이자 시인이다. 어둠과 빛이 공존하는 이야기로 인간 본성의 깊은 곳을 파고든 『지킬 박사와 하이드』,
모험 소설의 고전 『보물섬』이 대표작이다.

◇

희망을 품고 떠나는 여정이

목적지에 도착하는 것보다 가치 있으며

진정한 성공은

그 과정에 들이는 노력에 깃들어 있다.

_『젊은이들에게』

11.14.

클로드 모네(1840. 11. 14. – 1926. 12. 5.)

프랑스의 화가이다. 인상주의라는 명칭의 유래가 된 <인상, 해돋이>를 통해 서구 미술의 새 시대를 열었다. 말년에 시력을 잃어가면서도 완성한 <수련> 연작은 자연을 바라보는 현대적인 시각을 제시했다.

◇

나는 불가능을 좇고 있다.

다리와 집, 그리고 배를 둘러싼

공기의 아름다움을 그리고 싶다.

_ 「앙리 방과의 인터뷰」

11.15.

게르하르트 하우프트만(1862. 11. 15. – 1946. 6. 6.)

독일의 극작가이자 소설가이다. 자연주의 연극을 확립해 사회적 현실과 인간의 고통을 사실적으로 그렸으며, 희곡 『직조공들』로 명성을 얻어 1912년 노벨 문학상을 수상했다.

◇

평온함이 산더미 같은 돈보다 나은 법이지.

_『직조공들』

11.16.

조지 사이먼 코프먼(1889. 11. 16. – 1961. 6. 2.)
미국의 극작가이자 칼럼니스트이다. 날카로운 풍자와 재치로 브로드웨이 희극을 이끌었으며, 모스 하트와 공저한 『그건 가져갈 순 없소』로 퓰리처상을 수상했다.

✧

죽을 때 그건 가져갈 순 없소.

백 달러든 백만 달러든,

그건 가져갈 순 없단 말이오.

_『그건 가져갈 순 없소』

11.17.

레프 비고츠키(1896. 11. 17. – 1934. 6. 11.)

러시아의 심리학자이자 교육학자이다. 인간의 정신 기능이 문화적 도구와 언어를 통해 발달한다고 보았으며, '근접 발달 영역' 개념을 제시해 교육학에 혁명적인 변화를 일으켰다.

◇

하나의 단어는 인간 의식의 소우주다.

_『사고와 언어』

11.18.

클라우스 만(1906. 11. 18. – 1949. 5. 21.)
독일의 소설가이자 평론가이다. 나치 집권 후 망명지에서 파시즘과 예술가의 책임을 성찰했으며, 『메피스토』에서 시대와 타협한 예술가의 초상을 날카롭게 그려 큰 반향을 일으켰다.

◇

살아 있는 한,

우리는 반드시 희망과 믿음을 품어야 한다.

_『전환점』

빌헬름 딜타이(1833. 11. 19. – 1911. 10. 1.)
독일의 철학자이자 역사학자이다. 인간의 삶과 역사를 이해의 대상으로 삼아 정신과학의 기틀을 세웠으며, 해석학과 인문학 연구의 토대를 마련했다.

◇

삶은 삶을 이해한다.

_『정신과학에서 역사적 세계의 구성』

셀마 라겔뢰프(1858. 11. 20. – 1940. 3. 16.)

스웨덴의 소설가이다. 신화와 민담, 자연과 인간의 도덕적 성찰을 서정적으로 엮었으며, 『닐스의 신기한 여행』으로 널리 알려졌다. 1909년 여성 최초로 노벨 문학상을 수상했다.

◇

용기만 있다면, 처음엔 좀 서툴러도 괜찮아.

너는 충분히 좋은 여행 동반자가 될 수 있어.

_『닐스의 신기한 여행』

볼테르(1694. 11. 21. – 1778. 5. 30.)

프랑스의 사상가로 이성과 관용을 기치로 내건 18세기 계몽주의의 핵심 인물이다. 종교적 독단과 권력의 횡포를 날카로운 풍자로 공격했으며, 『캉디드』를 통해 낙관주의를 비판하고 이성적 성찰을 강조했다.

◇

진정한 우정은 드물다.

마음과 정신이 완벽하게 맞닿아야 하며

고결한 영혼들 사이에서만 피어나기 때문이다.

_『철학사전』

앙드레 지드(1869. 11. 22. – 1951. 2. 19.)

프랑스의 작가로 인간 내면의 본능과 도덕적 갈등을 탐구했다. 『지상의 양식』과 『좁은 문』을 통해 자유로운 영혼의 해방과 진실한 삶의 가치를 그렸고, 1947년 노벨 문학상을 수상했다.

◇

중요한 것은 그대가 바라보는 사물이 아니라

그대의 시선 그 자체여야 한다.

_『지상의 양식』

클레망 마로(1496. 11. 23. – 1544. 9. 12.)

프랑스 르네상스 시대의 시인이다. 궁정과 왕실의 후원을 받았으나 종교적 논쟁에 휘말려 망명을 겪었다. 절제된 언어와 유려한 운율로 후대 시인들에게 깊은 영향을 끼쳤다.

◇

나는 더 이상 예전의 내가 아니며

다시는 그때의 나로 돌아갈 수 없으리.

나의 아름다웠던 봄과 여름은

창문 밖으로 훌쩍 뛰어내려

멀리 사라져 버렸네.

_「나는 더 이상 예전의 내가 아니다」

11.24.

프랜시스 호지슨 버넷(1849. 11. 24. – 1924. 10. 29.)

영국의 작가로 아이들의 내면과 성장을 따뜻한 시선으로 그렸다. 대표작 『비밀의 화원』과 『소공녀』로 영미 아동문학사에 뚜렷한 발자취를 남겼다.

◇

장미를 정성껏 가꾸는 곳에는

엉겅퀴가 뿌리내릴 수 없어요.

_『비밀의 화원』

에사 드 케이로스(1845. 11. 25. – 1900. 8. 16.)
포르투갈의 소설가이다. 신랄한 풍자와 세밀한 묘사로 19세기 사회의 위선, 성직자의 권위, 귀족적 허영을 날카롭게 해부하여, 포르투갈 사실주의 문학을 확립했다.

✧

기쁨이 차올랐다.

다시 찾은 평안이 위로가 되어 찾아왔다.

그는 본래의 뿌리를 찾아가듯,

부드러운 흙 속으로

두툼한 구두를 밀어 넣었다.

_『도시와 산들』

11.26.

헤르만 고르터(1864. 11. 26. – 1927. 9. 15.)

네덜란드의 시인이다. 서사시 『오월』을 통해 감각적이고 혁신적인 언어의 미학을 선보이며 명성을 얻었다. 이후 서정적 감수성과 혁명적 열망을 담은 참여 시인으로 노동자 계급의 해방을 노래했다.

✧

그렇게, 그렇게, 모든 것이 지나간다.

_『오월』

제임스 에이지(1909. 11. 27. – 1955. 5. 16.)

미국의 작가이자 시인, 영화 평론가이다. 소작농의 삶을 기록한 『이제 유명한 사람들을 찬미하자』로 다큐멘터리 문학의 새로운 형식을 열었고, 사후에 『가족의 죽음』으로 퓰리처상을 받았다.

✧

세상 어디에서나,

거리가 다를지라도

빛은 모두를 공평하게 비친다.

_『가족의 죽음』

슈테판 츠바이크(1881. 11. 28. – 1942. 2. 22.)
오스트리아의 소설가이자 전기 작가이다. 대표작 『낯선 여인의 편지』『체스 이야기』『어제의 세계』를 통해 인간의 내면을 섬세하고 치밀하게 묘사했다.

◇

유희의 즐거움은 열망이 되었고,

그 열망은 강박으로, 다시 광기로 치닫더니,

마침내 걷잡을 수 없는 분노로 변해버렸다.

_『체스 이야기』

11.29.

루이자 메이 올컷(1832. 11. 29. – 1888. 3. 6.)

미국의 소설가이다. 여성의 성장과 자립을 따뜻한 시선으로 그린 『작은 아씨들』과 그 속편들을 통해 가족애와 삶의 가치를 오래도록 전했다.

◇

사랑은 두려움을 없애주고

감사하는 마음은 교만함을 다스릴 수 있다.

_『작은 아씨들』

11.30.

조너선 스위프트(1667. 11. 30. – 1745. 10. 19.)
아일랜드의 작가이다. 날카로운 풍자와 아이러니로 인간 사회의 모순을 드러냈다. 소인국과 거인국을 넘나드는 모험을 그린
『걸리버 여행기』를 통해 권력과 허위를 비판했다.

◇

당신이 인생의 모든 날을

온전히 살아가기를 바랍니다.

_『도덕과 유희에 관한 단상』

12월 — 희망

다 써도 남아 있는 마음

미하이 뵈뢰슈마르티(1800. 12. 1. – 1855. 11. 19.)
헝가리 낭만주의를 대표하는 시인이자 극작가이다. 민족적 정체성과 자유를 노래했으며, 국민시 「호자트」로 헝가리 문학사
에 깊은 흔적을 남겼다.

◇

기쁨을 가까이 느낄 수 있는 곳에 머물러라.

더 아름다워 보일지라도,

눈을 속이는 먼 곳을 찾지 말아라.

_「몽상가에게」

조르주 쇠라(1859. 12. 2. – 1891. 3. 29.)

프랑스의 화가로 색채를 점으로 분할해 화면을 구성하는 점묘법을 확립했다. 대표작 〈그랑드자트섬의 일요일 오후〉로 신인
상주의를 이끌었으며, 현대 추상 미술의 길을 연 독자적인 예술 세계를 구축했다.

◇

조화란 색조와 색상, 선에 있어서

서로 반대되는 것들의 유추이자,

비슷한 것들의 유추이다.

_『모리스 보부르에게 보낸 편지』

12.3.

조셉 콘래드(1857. 12. 3. – 1924. 8. 3.)

폴란드에서 태어나 영국에서 활동한 소설가로, 제국주의와 인간 양심의 어둠을 탐구했다. 인간의 도덕적 딜레마와 고독을 극도로 정교하고 서정적인 문체로 묘사했다.

◇

우리는 꿈을 꾸듯,

그렇게 혼자서 살아간다.

_『어둠의 심연』

라이너 마리아 릴케(1875. 12. 4. – 1926. 12. 29.)

오스트리아의 시인으로 고독과 존재의 불안을 깊은 언어로 응시했다. 『말테의 수기』와 『두이노의 비가』를 통해 삶과 죽음, 예술의 숭고함을 노래했다.

✧

닫힌 방들처럼,

아주 낯선 언어로 쓰인 책들처럼,

당신의 질문을 사랑하십시오.

_『젊은 시인에게 보내는 편지』

크리스티나 로제티(1830. 12. 5. – 1894. 12. 29.)

빅토리아 시대를 대표하는 영국의 시인이다. 애상적이면서도 감미로운 서정성 속에 죽음과 사랑에 대한 통찰을 투영했으며, 여성의 내면을 섬세하게 그려냈다.

✧

누가 바람을 보았나요?

나도 당신도 보지 못했죠.

그러나 잎새들이 가늘게 떨릴 때

바람은 지나가고 있는 것이랍니다.

_「누가 바람을 보았나요?」

조이스 킬머(1886. 12. 6. – 1918. 7. 30.)

미국의 시인이자 언론인으로, 신앙과 자연을 서정적으로 노래했다. 대표 시 「나무」는 소박한 언어로 자연의 신성함을 찬미해 널리 사랑받는다.

✧

나는 결코 보지 못하리라,

나무만큼 아름다운 시를.

_「나무」

윌라 캐더(1873. 12. 7. – 1947. 4. 24.)

미국의 소설가이다. 개척 시대의 풍경과 인간의 내면을 섬세하게 그린 『나의 안토니아』에서 미국 중서부의 거친 대지와 그곳에 뿌리내린 사람들의 삶을 깊은 애정과 정서로 그려냈다.

◇

무엇을 놓쳤든 간에,

우리는 그 소중하고도 형언할 수 없는

과거를 공유하고 있었다.

_『나의 안토니아』

비에른스티에르네 비에른손(1832. 12. 8. – 1910. 4. 26.)
노르웨이의 시인이자 극작가, 소설가이다. 농민을 주인공으로 한 사실주의 소설과 민족의식을 일깨운 작품으로 명성을 얻었으며 1903년 노벨 문학상을 수상했다.

◇

높은 산 너머
나는 무엇을 보게 될까.
이곳은 너무 좁아, 떠나야 해.
더 큰 세상으로 나아가야 해.

_『아르네』

존 밀턴(1608. 12. 9. – 1674. 11. 8.)

영국의 시인으로 종교와 자유, 인간의 선택을 장엄한 언어로 노래했다. 인간의 타락과 구원을 다룬 서사시 『실낙원』을 통해 영문학의 정점을 이뤘다.

◇

희망으로부터

어떤 힘을 얻을 수 있을까.

그렇지 않다면 절망으로부터

어떤 결의를 끌어낼 수 있을까.

_『실낙원』

에밀리 디킨슨(1830. 12. 10. – 1886. 5. 15.)

미국의 시인으로 고독과 죽음, 자연을 압축된 언어로 표현했다. 파격적인 구두점과 짧은 연에 담긴 사유는 현대 시의 선구적 면모를 보여준다.

◇

만약 한 사람의 마음이

부서지는 걸 막을 수 있다면

내 삶은 결코 헛되지 않으리.

_「한 사람의 마음이 부서지는 걸 막을 수 있다면」

12.11.

엑토르 베를리오즈(1803. 12. 11. – 1869. 3. 8.)

프랑스의 작곡가이다. 대담한 관현악법과 극적인 표현으로 낭만주의 음악의 지평을 넓힌 <환상 교향곡>으로 독창적인 음악 세계를 선보였다.

◇

세상의 소란에서 벗어날 수 있는 피난처는
오직 저의 음악뿐입니다.

_『엑토르 베를리오즈 서간집』

귀스타브 플로베르(1821. 12. 12. – 1880. 5. 8.)
프랑스의 소설가이다. 엄격한 문체와 냉철한 사실주의로 인간의 욕망과 허위를 해부한『보바리 부인』은 근대 소설의 새로운 기준을 세운 작품으로 손꼽힌다.

✧

살면서 그토록 행복을 느낀 적은 없었다.

머리 위로 푸른 잎사귀가

산들바람에 부드럽게 속삭였고

흔들리는 나뭇가지 사이로

미래가 살며시 미소 지었다.

_『감정 교육』

하인리히 하이네(1797. 12. 13. – 1856. 2. 17.)

독일의 시인이자 평론가로, 서정과 풍자를 아우르며 시대의 모순을 노래했다. 그의 시는 슈베르트와 슈만의 가곡으로 재탄생하며 널리 사랑받았다.

✧

당신은 한 송이 꽃과 같습니다.

그토록 사랑스럽고 아름답고 순수합니다.

당신을 바라볼 때면

내 가슴에 애잔함이 스며듭니다.

_「귀향」

폴 엘뤼아르(1895. 12. 14. – 1952. 11. 18.)

프랑스 초현실주의를 대표하는 시인이다. 자유와 사랑의 가치를 가장 순수하고 강렬한 언어로 노래해 20세기 프랑스 시에 깊은 흔적을 남겼다.

◇

단 한 단어의 힘으로

나는 다시 삶을 시작한다.

나는 너를 알기 위해 태어났고

너의 이름을 부르기 위해 태어났다.

자유여.

_「자유」

12.15.

귀스타브 에펠(1832. 12. 15. – 1923. 12. 27.)

프랑스의 토목·구조공학자이다. 1889년 파리 만국박람회를 위해 건설한 에펠탑은 근대 공학의 상징이 되었다. 자유의 여신상 내부 구조 설계에도 참여했다.

◇

진정한 힘의 조건이란,

결국 조화의 원리와 맞닿아 있는 것 아닌가?

_『삼백 미터 높이의 철탑』

12.16.

제인 오스틴(1775. 12. 16. – 1817. 7. 18.)

영국의 소설가로 인간 관계와 결혼, 계급 사회를 섬세한 풍자와 아이러니로 그렸다. 『오만과 편견』과 『이성과 감성』을 통해 여성의 선택과 감정을 깊이 있게 묘사했다.

✧

나는 침착할 것이다.

내 마음은 내가 다스릴 것이다.

_『이성과 감성』

쥘 드 공쿠르(1830. 12. 17. – 1870. 6. 20.)

프랑스의 소설가이자 예술 평론가로, 사실주의·자연주의 문학을 선도했다. 날카로운 관찰이 담긴 『공쿠르 일기』로 널리 알려졌으며, 형과 함께 공쿠르상을 창설한 인물이기도 하다.

✧

물속에 발을 담근 채 잠든 파리,

아름답다, 아름답다, 참으로 아름답다!

_『이 시대의 어떤 사람들』

파울 클레(1879. 12. 18. – 1940. 6. 29.)

스위스의 화가이자 음악가로, 추상 미술의 경계를 넓힌 현대 미술의 거장이다. 바이올린 연주자다운 리듬감을 화면에 담아 음악적이고 상징적인 세계를 구축했다.

◇

선은,

산책을 나선 점이다.

_『조형 사고』

12.19.

메리 리버모어(1820. 12. 19. – 1905. 5. 23.)

미국의 작가이자 사회개혁가로, 남북전쟁 당시 위생위원회 활동을 이끌며 구호 활동에 헌신했다. 이후 여성 참정권 운동과 금주 운동에 앞장섰다.

◇

세상은 움직인다.

우리도 함께 움직여야 한다.

_『전쟁의 회상』

12.20.

에드윈 애벗 애벗(1838. 12. 20. – 1926. 10. 12.)

영국의 신학자이자 작가이다. 수학적 상상력으로 사회 구조와 인식의 한계를 풍자한 『플랫랜드』는 차원의 개념을 문학으로 풀어낸 독창적 작품으로 불린다.

✧

갈망하는 것이

앞 못 보는 무기력한 행복보다 낫다.

_『플랫랜드』

귀스타브 칸(1859. 12. 21. – 1936. 9. 4.)
프랑스 상징주의 시인이자 비평가로, 자유시의 이론적 정립에 기여했다. 형식의 해방과 음악성을 중시한 시로 근대 프랑스 시의 흐름에 깊은 영향을 끼쳤다.

◇

바다 위에 떠 있는
한 무리의 형체를 보네.
어떤 바다인가?
내 눈물의 바다.

_『상징주의와 데카당스』

에드윈 알링턴 로빈슨(1869. 12. 22. – 1935. 4. 6.)

미국의 시인이다. 절제된 운율과 심리적 통찰로 현대 미국 서정시를 이끌었으며, 인간의 고독과 실패, 내면의 갈등을 담은 시로 풀리처상을 세 차례 수상했다.

✧

말하지 못한 것들의 고독.

_「에로스 투라노스」

후안 라몬 히메네스(1881. 12. 23. – 1958. 5. 29.)

스페인의 시인이다. 맑고 서정적인 언어로 자연과 내면을 노래했으며, 당나귀와의 교감을 담은 『플라테로와 나』로 순수한 아름다움의 정수를 보여주었다. 1956년 노벨 문학상을 수상했다.

✧

플라테로는 작고, 털이 많고, 부드럽다.

어찌나 부드러운지 뼈도 없이

온통 솜으로 이루어진 것만 같다.

_『플라테로와 나』

12.24.

아담 미츠키에비치(1798. 12. 24. – 1855. 11. 26.)

폴란드 낭만주의를 대표하는 시인이다. 서사시 『판 타데우시』에 조국의 독립을 향한 뜨거운 열망을 담아내며 민족정신의 구심점 역할을 했다.

◇

뜻에 맞춰 힘을 키워라,

힘에 맞춰 뜻을 줄이지 마라.

_「젊음에 바치는 송가」

12.25.

도로시 워즈워스(1771. 12. 25. – 1855. 1. 25.)
영국의 산문 작가이자 일기 작가이다. 자연과 일상의 순간을 섬세하게 기록한 글들은 오빠 윌리엄 워즈워스의 시 세계에 깊은 영감을 주었다.

◇

나무들은 온통 서리로 뒤덮였다.

풀잎 하나, 울타리 하나까지 아름다웠다.

장엄한 석양이 지고

추위는 그 어느 때보다 매서웠다.

_『그라스미어 일기』

12.26.

토마스 그레이(1716. 12. 26. – 1771. 7. 30.)

영국의 시인으로 고전적 형식과 섬세한 감수성을 아우르는 작품을 통해 인간의 삶과 죽음, 무명의 고귀함을 노래했다. 18세기 영국 묘지파 시를 대표하는 작가이다.

◇

꽃들이 아무도 모르게 피어나

광야의 바람에 그 향기를 헛되이 흩뿌리나니.

_「시골 교회 묘지에서 쓴 비가悲歌」

루이 파스퇴르(1822. 12. 27. – 1895. 9. 28.)

프랑스의 화학자이자 미생물학자로, 세균 이론을 확립하고 백신 개발의 기초를 세웠다. 저온살균법을 고안해 식품 위생을 혁신했으며 광견병 백신을 개발했다.

◇

관찰의 영역에서 우연은

준비된 이에게만 호의를 베푼다.

_『파스퇴르 전집』

펠릭스 발로통(1865. 12. 28. – 1925. 12. 29.)

스위스의 화가이자 판화가이다. 흑백 대비의 목판화로 인간 관계의 긴장과 사회적 단면을 날카롭게 포착했으며, 평면적인 색채와 절제된 구성의 회화를 통해 복잡한 인간 심리를 섬세하게 묘사했다.

◇

이해하기 전에

오래 바라보아야 한다.

_『살인적인 삶』

찰스 굿이어(1800. 12. 29. – 1860. 7. 1.)

미국의 발명가이다. 고무를 황과 함께 가열해 내구성과 탄성을 높이는 가황법을 개발했으며, 그의 이름은 오늘날 굿이어 타이어 회사의 이름으로 남아 있다.

◇

우리가 후회할 일은 단 하나,

씨를 뿌려 놓고 아무도 거두지 않을 때뿐이다.

_『고무와 그 종류들』

12.30.

윤동주(1917. 12. 30. – 1945. 2. 16.)

한국의 시인이자 독립운동가이다. 비극적인 현실 속에서 끊임없는 자기 성찰과 평화를 향한 갈망을 서정적인 언어로 노래했다. 유작 시집 『하늘과 바람과 별과 시』를 통해 시대의 어둠에 맞선 순결한 양심과 저항의 기록을 남겼다.

◇

가슴 속에 하나 둘 새겨지는 별을

이제 다 못헤는 것은

쉬이 아츰이 오는 까닭이오,

來日 밤이 남은 까닭이오,

아직 나의 靑春이 다하지 않은 까닭입니다.

_「별 헤는 밤」

12.31.

앙리 마티스(1869. 12. 31. – 1954. 11. 3.)

프랑스의 화가이다. 야수파를 이끌며 강렬한 색채와 단순한 형태로 현대 미술의 새로운 장을 열었다. 생의 기쁨과 감각적 아름다움을 화폭에 담는 데 평생을 바쳤다.

✧

인생에는 불행도 많지만,

그러기에 기쁨을 더욱 간절히 찾게 된다.

즐거움은 어디에나 있으며

불행은 오래 머물지 않는다.

_「잃어버린 인터뷰(1946)」

태어난 날의 문장 수집

초판 1쇄 2026년 4월 10일

지은이 부이(BUOY) **펴낸곳** 디 이니셔티브 **디자인** 수쿠수쿠봉고 **페이지수** 380
출판신고 2019년 6월 3일 제2019-000061호 **주소** 서울특별시 마포구 토정로 53-13 3층
팩스 02-749-0603 **이메일** the.initiative63@gmail.com
ISBN 979-11-91754-66-7 (00800)

Buᵒy 는 디 이니셔티브와 수쿠수쿠봉고의 협업 브랜드입니다.
조용한 순간에도 빛을 잃지 않고 마음을 띄우는, 부표와 같은 이야기를 전합니다.